经年

于一爽 著

中国工人出版社

因为够够的出生，所以有了本书。

目　录

001 | 秋　分
059 | 冬　至
133 | 春　分

秋　分

秋分之后，北半球的白天就比夜晚短了，这一天有一分为二的意思。空气很清冷，城市的行道上栽种了叫不上名字的树木，已经落叶了，像一些树木的骨架，地面上的碎屑被风驱赶转着圈。天气预报说南下的冷空气与逐渐衰减的暖湿气流相遇，今明两天将大规模降雨。路上堵车，牛莉调了一个频道。她喜欢在开车的时候听广播，就在刚刚广播里说："中国人均预期寿命增加近一岁……"之后就是整点的天气预报了，正好下午五点。他们的晚饭约在六点，牛莉不知道增加近一岁到底是多少岁。她把安全带绑得很松，可以说是搭在身上，不会起到一丁点儿安全作用。这个城市太拥堵了，正是周五晚高峰，发生剐蹭的概率很大，需要用上安全带的重大事故为零。红灯停，她给老金发信息说：“估计我来早了，再拐两个路口就到了。”老金秒回：“我都到了。”后车喇叭直响。牛莉看见红灯已经变绿灯了。她从反光镜瞪了后面的SUV一眼，感觉正是这些没有耐心的人拉低了中国人均预期寿命。同时她也不明白什么叫预期寿命，要说预期，她觉得活三四十岁就差不多了。不过这是当年，如今，她想多活几十年，要是能活到一百岁就好了，我们这代人会赶上长生不老吗？她摸摸自己的小肚子。已经36岁了，孩子出生的时候，自己就37岁了。一个货真价实的高龄产妇。等孩子也长到37岁，她将74岁，如果届时还活着，她就是一个货真价实的老太太。又是一个红灯，在这个城市，或者说在这个星球上，如果遇见一个红灯，就会遇见第二个、第三个……永远别想翻身。她从反光镜看了一下，发现SUV还在后面。广播又在播新闻了：确保养老金按时足额发放……变绿灯，她踩油门，心想，这个新闻很有意思，如果人均预期寿命增加了，养老金的发放确实面临很大的挑战。她和老公每年都按时足额缴纳五险一金，因为两个人没有正经工作，所以要自己交。正经工作就是指单位交的那类，单位承担了大部分费用。有一年，王波没有交——王波便是牛莉的老公——两个人为此大吵一架，理由是，她觉得王波不爱他自己，爱自己怎么能不缴五险一金？以后老了怎么办？我养你吗？大概这就是他们这类半路夫妻的困扰，在一起的时候已经三十出头，很容易就想到四十岁的事，然后就是五十知天命，运气好会活到六七十岁。牛莉想，两个人要是早点相识就好了，度过余生的时间就更多一些，尤其在她非常爱王波的一些时刻。她抬头看天上的云，很低，天气预报说有大规模降雨，也许下一秒就有，也许没有。想到王波，就正好收到王波发来的信息："那你早点回家。"牛莉知道这句话在一些人看来是威胁，但她很喜欢，她恨不得现在就回家，王波通常会和她一起出门，今天不巧有事。如今吃饭已经不让她感觉快乐了，但也不想错过什么，怀孕之后辞职，整天无所事事，如果不出来吃饭、聚会，她感觉自己就更闲了。不是悠闲，是纯粹的闲。

拐了两个路口之后，她就到了。把车拐进大院的时候，她看见SUV也跟了进来，大院门口有一个警卫拦下了她的车，SUV也停下了。牛莉摇下车窗，警卫敬礼，牛莉说找钟总，警卫指示她前面左拐再右拐，之后还会有人继续指示。牛莉第一次仔细看四周，这很不像平常和老金等人吃饭的地方，可以说是第一次来，至于钟总，她并不知道是谁。老金和她说找钟总才让进。四周是一座废弃的钢铁工厂，现在变成了钢铁工厂遗址公园，因为她看见一个牌子上写着八个大字“钢铁工厂遗址公园”，前面四个字和后面四个字别别扭扭地组合在一起。牛莉把安全带解开，大概是坐得太久的缘故，她感觉屁股下面有些发潮，于是，她轻轻挪了挪，左拐再右拐后，又有一个警卫指示她右拐再左拐，然后就到了。她看不出这里有可以吃饭的地方。到处都是停车场，没有车，SUV也跟了过来。牛莉熄火，打开内灯，在下眼皮上抹了一点定妆粉，她最近使用一款孕妇专用睫毛膏，通常一个小时就会晕妆，加一点定妆粉，可以持续两个小时，但她不敢多眨眼，越不想眨眼，就越想眨眼。她冲镜子眨了眨眼，如今是四个月的孕妇，她又对着镜子把自己的刘海儿弯出了一个可爱的弧度。当然，这一切都无济于事，大概几分钟之后就将恢复原样，但她多少想让自己显得可爱一点。一个36岁的女士还总想让自己可爱，真是老不正经，但除了可爱，牛莉没有第二样东西能拿得出手。老金有一次当着王波的面儿说：“牛莉可爱是可爱，就是一点也不性感。”当时很多人在场，牛莉也在，大家都喝了酒，然后老金又追问：

“你说她是不是不性感？”王波说：“我觉得还行吧。”牛莉当时很失望，像他们这样的半路夫妻，怎么能说“还行”呢？怀孕之后，牛莉的胸一直在增大，由于激素的原因，自己就像一只被催产的母鸡。这让她感到十分苦恼，她身高一米六，如果胸很大，看上去就很笨。她觉得女士可以不性感、不可爱，但是不能不聪明，就算不聪明，也不能笨，或者看上去很笨。据科学研究，胸大的女士并不一定笨，恰恰相反，可能十分聪明。这样想的时候，她又照了一下刘海儿，可爱的弧度已经没有了。下车前，牛莉又看了一眼手机，如今没有工作，她一天最多收到十条信息，无关紧要的微信群，她都退了，只留“老金群”和“家庭群”，“家庭群”的群名，不知道每个家庭是不是一样的，叫“欢乐之家嗨翻天”一类的名字，虽然她不知道有什么欢乐可言，牛莉的“家庭群”里有公公婆婆、公公的兄弟姐妹、婆婆的兄弟姐妹，这是王波的家人，还有牛莉的家人，加起来大概几十人，看着确实嗨翻天。婆婆喜欢每天在群里发一些“重要消息”，比如今天的消息是：多数日本人开始研究移民！为什么？文章的结尾是：为了亲人！朋友！还有我们同胞的健康，请分享到你的空间里，大家会感谢你的！虽然牛莉也不知道发生了什么，但光看结尾就觉得非常严重，可以说，光看结尾的感叹号，就觉得非常严重。甚至可以说她什么都没看懂，只看懂了一堆感叹号。

老金是她的饭局搭档，也可以说她是老金的饭局搭档。老金有一个吃饭群，群里有二三十个人，有两三个人是“常委”，只要有饭局，“常委”就去，从不挑三拣四，好像“常委”根本没有家可以回一样。“老金群”里还有更多人，她只偶尔见过一两次，说完全不认识也不过分。有的人喜欢在群里说话，在饭桌上很难见到，大概受制于酒量；有的人天天在饭桌上大醉，偶尔有事的时候，喜欢在群里发一个笑脸，看上去非常佛系；还有一小撮人喜欢在群里聊隐私。刚刚有两个人在聊今天的晚饭吃什么，从下午直到晚上，都没有结果，但是把北京市里他们吃过的饭馆，或者用他们的话说，把“下过的饭馆”逐一盘点了一遍。牛莉不知道为什么是“下过”，而不是“吃过”。她有时候想退群，却又不好意思退，只能说聊胜于无，有时候也看看大家说什么，这让她更感觉尽管可以忍受或者说享受和大家吃饭，但除此之外，多数人或者说一些人生活中的多数时间都这么愚蠢，当然也包括她自己，好在她并不说话。或者说，男的愚蠢，女的笨。没错。她感觉自己总结得不错，男的愚蠢，女的笨。比如，有一位女士每天都在群里发一些自己的照片，然后配上一句话：发一张自己在书桌前读书的照片，然后说必须节约时间，因为成本很高。这张照片和这句话向牛莉证明了这就是笨，但想到肚子里的孩子，她又觉得不能太狂。于是她打开那位女士的微信朋友圈，在对应的消息下面点了一个赞。

锁车之后，牛莉发现SUV车的人也在看手机，天黑得早，只有手机的光透出来，她和老金说估计自己来早了，看来并不早。因为她内心一点也不想来早。来早干吗呢？说什么呢？不喝酒更不知道说什么。或者说不喝酒之后说的每句话都算数。她已经四个月滴酒不沾。沾一滴也没问题，但沾一滴和滴酒不沾又有什么区别？她并不感觉痛苦，可以说，喝酒的快乐，在清醒的她看来都变成了傻瓜喝酒的快乐。

对比SUV，自己的小轿车就像坐在地上的残疾人。她裹了裹衣服，尤其抻了抻肚子的位置，如果她不说，没人看得出来她怀孕了。但也只是从正面看不出来，她用手搂住自己的腰，捏到一把肥肉。她是第一次怀孕，不知道几个月肚子才能鼓起来，她想让肚子快点鼓起来，有一种自己和某个人生活美满、如今开花结果的意思。她快步按照指示牌朝饭馆走去，或许不能再叫饭馆，如今的高档会所都很隐秘，不是在大学食堂，就是在工厂食堂，她想，今天一定不是老金请客，老金可能只负责叫人。就在这个时候，一阵凉风刮来，雨还没有落下来，或者落在了这个城市的其他地方，这个城市太大了，东边不亮西边亮。她想起儿时背的一首歌谣：秋分夜，一夜冷一夜。她看看时间，已经六点过一会儿，她不知道今天的饭局都有谁，但不敢问，因为老金最烦别人问这个。他通常会说："没谁，有你姑妈！"老金也不是全无优点，他吃饭从不迟到，也可能是他下午就想去吃饭了，因为太闲。牛莉总是迟到，大家都已经习惯了。因为曾经的牛莉迟到就自罚三杯或六杯，九杯也有过。她就像一篇小说里的主人公一样：新官上任第一天，和所有人喝了90杯酒，当场喝死了，举行了隆重的葬礼，也算因公殉职。这篇小说的名字她忘记了，她就记住了90杯酒，她想，这不是艺术的夸张，肯定是山外有山、人外有人。牛莉和老金一件正事都没有谈过，她喜欢和老金喝酒，但不想谈正事，因为对于老金的正事，她多少有点看不上。但是今天的场合，她感觉多少要有点正事吧。

进去的时候，李杨正在说话，房间四周是灰色的墙壁，没有任何图案，贴着一幅字，写得龙飞凤舞，牛莉看不出来是什么字，大概写的正是“龙飞凤舞”四个字本身吧。墙壁是椭圆形的，看上去像一个欧洲中世纪拱门，中西结合，她听李杨的话很模糊，好像在说佛教教人智慧、看清真相，看不清真相就是蒙昧，之后又补充了一句：“眼睛被糊住了。”牛莉坐在李杨旁边，他们很熟。还有老金、午哥，她都熟，有一个陌生面孔，一定就是钟总。牛莉轻声喊了老金一声，见他没反应，她又喊了一声，音量略大，老金说：“坐。”钟总看了牛莉一眼，没有再看第二眼。服务员从牛莉座位旁边上了一盘上海青汤饭，这个饭馆五湖四海的菜都有，她看了桌面，还有基辅奶油汤。李杨盛了一碗青汤饭，小声说：“做得不正宗，没用猪油。”

其他人继续推杯换盏，因为他们上周见过，而且知道牛莉怀孕，没有人在意她，反正她也不喝酒，可以说是酒桌上的一个废物。

有一位姓蔡的美食家说，人间美味就是一碗热米饭、一勺冷猪油，猪油在米饭上融化，再加一点葱花酱油，搅拌搅拌，能吃两大碗。

“你们刚才在说什么？”牛莉问李杨。李杨小声和她说：“没说什么，就是瞎扯。钟总在跟我谈信仰。”

牛莉说：“这种哲学问题不是应该在午夜梦回时探讨吗？”

李杨说：“你又错了，这也不是哲学问题。我刚才就和他们说，没有一个确定的神需要信仰。”牛莉低头吃刚刚夹进自己盘子里的年糕毛蟹，怀孕后她没有吃过蟹，怕凉。她吃了一口年糕，很黏，她想多亏自己没有假牙，但不确定老金有没有假牙。

李杨接着说：“不管有什么信仰，我们能做的就是观照。看一言一行一举一动，观照的时候，概念就分崩离析了。不然哪天你跟我去听听课？”

牛莉不知道他说的听课是听什么课，但感觉并非一般的课。

坐在主宾位置的老金说：“不要窃窃私语。”他好像才意识到牛莉已经来了。李杨又去盛了一碗没有猪油的青汤饭。

钟总举杯过来，牛莉以茶代酒，茶很浓，但她不想再提要求。老金介绍牛莉是位作曲家，大家都喝得有了一点状态，其实才开始一个小时，老金让钟总拿出手机搜百度百科：牛莉，旅法作曲家……

牛莉把茶一饮而尽，旁边的服务小姐又给倒满了。钟总还没有喝，牛莉不得不再喝一杯。钟总凑得很近，在牛莉耳边说："旅法作曲家，厉害了，我有一个小小的请求。我……想学唱歌，你能不能给我找一个女歌手？"话音刚落，一盅茅台就被喝掉，钟总补充说："也不用太有名的女歌手。"

此时此刻，牛莉并不知道钟总是谁，大概老金介绍的时候，她还没有来，钟总和自己母亲同姓，她的母亲最近一个月都被腱鞘炎困扰，中指弯不下去，预约了次月骨科医院的门诊手术，但因为这个城市正流行一种传染性极强的病毒，所有的门诊手术都要入院观察一周后才可进行。

看着外面的天空，牛莉想，一切都是因缘际会，今天的饭局只是最微小的因缘际会。这个想法让她感觉有点可笑。她又摸了摸自己兜里的口罩，已经在这个兜里放了一个月。可以说，她很多衣服的兜里都有一个口罩。怀孕后戴上口罩，她总是感觉呼吸不畅，也许不怀孕，她也会呼吸不畅，但如今，她习惯把一切归结为怀孕。想到昨天晚饭时，王波说鸭子做咸了。牛莉二话不说，就把熬了两个小时的鸭子倒了，然后一个人躺在床上哭，过了好一会儿才被王波哄笑，又叫了外卖烤鸭，前后浪费百八十块。吃着烤鸭的牛莉说："能不能等我把孩子生出来，你再欺负我。"说完，她给王波卷了一个饼，两张饼合成一张，这样更香，但她不知道王波是不是也这样想，卷饼里面放了鸭肉、鸭皮、京葱、黄瓜，最后还蘸了几粒白砂糖，包成一个襁褓的样子，白白嫩嫩，非常可爱，王波一口吃掉。牛莉喜欢伺候人，于是她又卷了一个，王波说："不要鸭皮。"由此可见，她是一个情绪多么变化无常的女人。

婚后，王波至少胖了10斤。如今，牛莉都很难想到他没有大肚腩之前的样子了。两个人已经四个月没有夫妻生活，严格遵守"怀孕指南"。

"怀孕指南"是北京市社区给所有登记在册的孕妇发放的一个红色小本，16开，32页。里面有一页专门说到孕期夫妻生活，提示动作要轻。牛莉觉得这个提示很暧昧。

就这样过了一个小时，饭桌上的酒一直在上，菜却一直没有再上，老金大喊："怎么没有油炸花生米？"之后，服务小姐领着一位老中医进来，手里还拿着花生米。牛莉怀疑是不是老中医带来的花生米。

老中医是老金的同龄人，五十出头，曾在法国留学，在法国开过一家中医诊所，如今回国开了一家中医诊所。据他自己说，他在法国的专业也是作曲。牛莉见过老中医两次，今天是第三次，但并不知道他叫什么名字，于是就叫他“老中医”。第一次见面，他说牛莉肾虚，免费给牛莉捏脖子。第二次见面，他还说牛莉肾虚，牛莉没再让他捏脖子。这个世界上一定没有人会让老中医捏两次脖子，牛莉想。老中医带了一瓶丹丹红曲酒。很巧，牛莉正是这家酒业的股东之一。中国的红酒、白酒、啤酒市场都已经饱和，黄酒份额还很少，她的一位老同学正在做丹丹红曲酒，也就是黄酒的一种，据说非常养生。牛莉喝了几次，不好意思不买，就买了一万股，自然成了股东，也从没指望过会上市。想到这里，牛莉打开老同学的朋友圈，说来很巧，这个老同学也是学作曲的，曾经得过武满彻国际作曲大奖，如今弃文从商。中华人民共和国成立70周年时，把丹丹红曲酒送进人民大会堂国宴是高光时刻。可惜如今生意不行，看看朋友圈就知道了。比如发的第一条“恩情勿相忘，杯酒表情谊”，正好契合秋分主题。牛莉没有点进去，她想，一个企业要是有钱赚，怎么会每天发鸡汤文呢？因为给这个老同学的朋友圈进行了设置，所以不特意看是看不见的，以免让自己想到一万块钱。牛莉又往下看了几条，其中有一条写着：感谢钟总到访丹丹红曲酒业……但是没有照片。牛莉很吃惊，她不知道那个钟总是不是眼前饭局里的这个钟总。但这个世界上总不能只有一个钟总吧。一个不到十人的饭桌都有两个旅法作曲家，如果算上丹丹红曲酒的老板就是三个，牛莉感觉一阵眩晕。

老中医坐在牛莉对面，只有那里还剩一个位置，走过去的时候，他随手拍了拍牛莉的肩膀，牛莉不知道他是什么意思，可能还是提醒自己肾虚吧。但她想老中医说的也没错，自己备孕的时候去看过另外一个老中医，也说自己肾虚，还开了一味药叫逍遥丸，这个名字让她浮想联翩。虽然她不知道这味药有没有用，但她想——医生总得开点药吧。

坐了一会儿，牛莉忽然端着茶杯，指着老中医，对钟总说："他也是学作曲的，也可以给你介绍女歌手。"

老中医刚落座说："女歌手，那不是我的领域啊。"

钟总说："男歌手也行。我就是学学唱歌，没别的意思。"看他们聊得这么熟络，而且肯从女歌手降级为男歌手，牛莉想他们两人之前一定见过。

老中医先被罚酒，要打一个通关，和每人喝一杯。在北京市，什么本事都没有也行，但，不能不会打通关，不能不敢打通关。通关共有两种打法——单打和双打，比如老金和老中医一起打，那被打的人就要喝两杯。可惜此时此刻，老金正在低头夹一片臭鳜鱼，还是鱼鳃上的肉，看上去完全没有助力老中医的意思。老中医就这样一杯一杯地干过去，速度很快，这就是晚来的优势，敌弱我强。打到牛莉的时候，牛莉说："不能喝了。"老中医问："你怎么不能喝了？"旁边的李杨说："她怀孕了。"老中医身材微胖，今天穿了西装，领带的颜色配得很跳跃，平时他都穿唐装。他松了松自己的领带说："其实喝点也没事。"

谁敢质疑老中医的话呢？

牛莉问老中医："你怎么喝酒还戴着墨镜？"老中医把眼睛从墨镜里探出一点点说："发炎了。"

牛莉对眼睛发炎多少有一点了解，久病成医，于是她问是病毒性的还是细菌性的，问完她又觉得老中医怎么能不知道呢。

老金在一旁说："病毒是有生命的，细菌就是没有生命的。"老金因为越来越老，于是对科学越来越感兴趣，这类话在很多年前的饭桌上很难从老金嘴里说出来。年轻的老金也写诗，如今，诗歌已经不能解决生命的问题了，于是他就转向科学领域。老金类似这样的奇谈怪论还有很多。比如，人类肯定是被故意创造出来的，老金用“故意”这个词，看上去像一个无赖一个撒娇就创造出来的一样，因为有太多巧合，巧合之上还有巧合，如果不是故意的，谁信呢？又比如，人类未来的载体就不是身体了，一朵花、一根草都可以变成人类本身。老金说自己以后就附体成一只蚊子，每天吸血。身体一定不再是实有的，比如，高尚的灵魂就是一个身体，美丽的身体也是一个灵魂……

牛莉很喜欢听老金说这些，甚至愿意和他争论一番，但是大家看钟总全无兴趣，也就没有继续说下去。

老中医对牛莉说：“那你喝这个。”接着他打开丹丹红曲酒，又说今天是秋分，谨察阴阳之所在，以平为期，秋三月，早卧早起，与鸡俱兴……

“好好说话！”老金说，“不能好好说话就滚。”

老金经常在体面的场合说“滚”这类动词，因为说得很频繁，所以没有人认为他是真的叫自己滚，反而哈哈大笑。

老中医接着说：“真的，你喝特别好。”牛莉不知道他说的“特别好”是什么意思，是对孕妇特别好，还是对女性特别好。老金的饭桌上都没什么女的，今天只有牛莉一个。老金说牛莉是他的“秦淮八艳”，另外“七艳”尚未找到。

牛莉就算过关，老中医又倒了一杯，打到李杨，李杨不喝酒，但高级年份红酒他会喝一杯，纯米大吟酿一类的也喝。他现在正举着一杯高级红酒。牛莉有点走神，透过窗户，她看见外面遗存的高炉、转炉、冷却塔、煤气罐、运输廊道、管线、铁路专用线……落地窗很大，路灯照得很亮，一览无余。牛莉想：自己在这里吃饭和一个工人当年在这里吃饭有什么区别呢？有区别，她想了想，自己包括他们都不如工人，除了喝酒，无所事事，肩不能扛、手不能提，怎么配混进工人的队伍？正如他们今天聚会的主要目的是老金收藏了成百上千个古代的小动物雕塑，想做一个博物馆。午哥推荐遗址公园的一个地方，钟总是地产负责人。至于牛莉和其他人，大概是老金觉得能拿得出手的人，一起来撑撑场面。

打关之后，老中医又问到怀孕事宜，谁叫他是老中医呢！他问牛莉怎么发现怀孕的。

“别老打听自己听不懂的事。”老金说。

“你不会真的觉得世界会改变，才让孩子出生吧？”老金又对牛莉说。

牛莉想，没有孩子之前哪管洪水滔天，现在，还是希望世界越来越好吧。但是她没有说，说出来无疑就像在讲头顶的星空和心中的道德律一样。于是她就笑，笑什么时候都没错，除了显得傻，但没错。

老金一定明白了笑的意思，说：“你还是比较善良。”

牛莉想，如果男人能生孩子，可能也会像女人一样善良。但是很快她又开始怀疑起自己的善良。于是她对老中医说：“两条线，就怀孕了。”

世界如此简单。她感觉一些光影在灰色的墙壁上集结、闪现。

“那你们做检查了吗？”老中医继续追问。

没做，做了估计就不合格，王波也抽烟喝酒。医生说，能留下来就自然会留下来，和抽烟喝酒没关系，是1和100的关系，不存在中间的可能性。牛莉想到自己认识的一对夫妇，既不抽烟又不喝酒，但一直没有孩子，他们是恐怖片导演。也许，她想，万一……可能……是没有一个灵魂愿意投胎吧。或者说，是没有一个灵魂愿意看恐怖片吧。想到这些，她感觉自己很卑贱。怀孕之后，她几乎不敢有任何卑贱的想法，于是，她马上喝了一大口茶，对老中医说："我去测过一次排卵期，因为我生理期不规律。"饭桌上很嘈杂，如果不认真听牛莉在说什么，是什么都不会听到的，于是真的只有老中医一人听到，他们一点儿都不熟，但除此之外，还能聊什么呢？牛莉接着说："后来我不想一个人检查，就让王波也检查。你知道北京市妇产医院，只有一个极其偏僻的角落里的房间是男科。王波后来和我复述，他进去就让脱裤子，医生叫他去卫生间……好像精子活力不是很高吧。"牛莉接着说，"其实也没有必要很高，也不能每个精子都跑第一，对吧？后来医生就象征性地开了点药。药没吃完，我就怀孕了。王波还有点介意药怎么没吃完，以后可能也吃不上了。开了不少，家里还有。要是你以后需要就送给你。"牛莉不知道为什么补充了最后一句。

"那王波高兴坏了吧？"老中医说。

"他就看着加号，一开始还不明白什么意思。看来他是真的没让女士怀过孕，后来就一直说'牛莉，你牛啊！你牛啊，牛莉'。"

"都牛，都牛！祝贺啊，祝贺啊！"老中医又举杯，频频说叠词。

大概因为年龄、食品、环境、压力等各种各样的因素，在她就诊的北京市最好的妇产医院，有一半的门诊都是高危门诊。在这个城市，也有很多私立妇产医院。她去了解过一些，一进去，医院的人先问她是喝咖啡还是喝茶，弄得她还以为自己正在吃英式早餐。但是没有一个孕妇会关心自己想喝咖啡还是喝茶，如果想喝，自然可以回家去喝。当本质没有解决的时候，就会出现很多的修饰，咖啡和茶就是一种修饰。当然还有钱的问题，但这也是一种修饰。

牛莉只去过一次私立医院，很多年前，她被小狗咬，不是别人的小狗，正是老金的小狗。老金没有孩子，正像周围的很多人一样没有孩子。被老金的小狗咬了以后，牛莉去了一家私立医院打狂犬疫苗，进门问挂号费多少，年轻漂亮的护士说：“普通号1000，专家号2000。”牛莉知道她肯定不会说错，她这么年轻漂亮，怎么会说错呢？于是牛莉说：“再见。”

但想到这些，都已经是很久以前的事情了。好像时间在怀孕后就有了一种全新的分配。

“我都不敢高兴太早。”牛莉继续和老中医说。

大概孕妇都有一个毛病：喜欢倾诉。这可能就是变成母亲的中年妇女开始衰老的第一步。她说："我前几天刚抽了9管血，过几天还要做无创DNA、遗传性耳聋基因检测，好像是叫这些名字吧。我都好多年没做过身体检查了，有一年喝酒之后去体检，转氨酶奇高无比，大概是正常人的一百倍。我去拿报告，医生就是不让我走，让我马上去看。我当时坐在医院门口，就觉得自己肯定完蛋了，平时跟老金喝酒，这回傻眼了。别人身体都没出问题，就我先出问题了。后来又过了几天，检查结果正常了。再过了一段时间，我又继续喝酒了。你看，人就是这样，活该！"

"放心，你看老金，肯定能活100岁。"

这句话被老金听见了，他说是150岁，自己能活150岁。又说："届时，老中医肯定早死了，王波也死了，牛莉可能没死。然后，我就和牛莉一起生活。"

牛莉说："我那个时候也死了最好。"

忽然，窗外一支礼花"嗖"一下蹿到天空，接着便是一声巨响。没人注意，只有牛莉看见了。

老中医干脆换了位置，又和牛莉说："我有孩子衣服，以后给你。不过现在不给，不吉利。"当他说不吉利的时候，牛莉就已经不打算要了。老中医又问："那你孕吐吗？"牛莉说："提到这个就太搞笑了。之前医生说要吐，吐代表健康，后来有一天又说不用吐了，因为已经不靠激素吸收营养，而靠胎盘吸收营养了，我当天回家就不吐了。王波说我这是薛定谔式的孕吐，可吐可不吐。医生让我吐的时候，我就天天吐，后来吐得实在太可怕，因为强迫自己吐，我就不给你学了，有碍观瞻。"

老中医听着，嘴里正好有一口酒，不知道要喝下去还是吐出来。

"预产期哪天？"老中医没完没了地问。

"三月底四月初。"牛莉说，但是因为她的经期很不准，所以这个时间也是医生根据B超估算的。

老中医说："别赶上清明节！"又说，"你找我，我给你往前或者往后。"

"清明节怎么不行了？"老金又听见了，于是质问老中医，"你还国庆出生的呢！"老金有一种本领，总是能在和别人说话的时候插到其他人的谈话里。牛莉也不知道他们的正事谈得怎么样了，估计不怎么样吧。

李杨在一旁笑，他也有一种本领——一种笑的本领，但并不是我们通常所说的笑。既让人看不出开心，又让人看不出嘲讽，可以说修炼极深。牛莉想到他曾经和自己说：“真正的佛法不是‘忍’，是‘觉’。‘觉’是清明透彻，不及过往和未来……”大致如此，她记不清了。于是，她也开始模仿起李杨那种笑的本领。

老金抓住话题不放，对老中医说：“要是清明节出生，先认你当继父。不对，是干爹。”

老中医说：“干爹、继父都行。”

老金话锋一转，说：“你也配？”

牛莉感觉自己笑得很硬，大概李杨的笑是先天的，或者是比先天更先天的东西，于是他收回笑，和老中医继续说：“看你穿西装，感觉生意有了起色。”老中医说：“下月有个国际会议，要穿西装，我先适应适应。”牛莉想，可是今天刚7号。当然，所谓的国际会议就是90%的中国参会人员加上一两个亚非拉地区的参会人员。

午哥没怎么喝酒，一直在喝酸奶。他说酸奶是他一个朋友公司的，要想喝随便喝，喝一辈子都没问题，车上还有一箱。牛莉接过来一瓶，很烫，一定是在车上放了太久的缘故，是一个尚未听说的品牌。也许是因为一直喝酸奶妨碍了午哥的魅力，他才单身至今，牛莉不由得想到这一点，甚至有人怀疑午哥到底喜不喜欢女性。于是，牛莉想道：听说一个人掌握一项技能只需要一万小时。她计算了一下，就是400多天，就是说一个人如果每天都练习喝酒，明年的这个时候，这个人就掌握这个技能了，而且还不是一般性掌握，而是熟练掌握，至少是人群中的佼佼者，可能喝不过老金，但其他人，比如今天饭桌上的几个人，她觉得差不多都能喝过。

牛莉把她想的内容告诉午哥，午哥说："那我图什么？"

牛莉心道，真没劲儿。但是她没有把这句话说出口，于是说："是啊，最多明年这个时候，你就变成老金。"说完之后，牛莉哈哈大笑。因为和老金太熟，刻薄些也无关紧要。老金的年龄都可以当她父亲了（老金比她父亲略小，和她母亲同龄）。

但是老金没有听到这句话。

她和午哥干了一口热酸奶。

"人都到齐了，咱们照张相。"就在这个时候，老金提议，"让投资人看看怎么拟定阵容。"

所谓的投资人，就是周围一群朋友，自然也包括牛莉。

牛莉几年前大醉，给了老金一万块钱，次日酒醒，想想也要不回，就说："干脆做博物馆的投资吧。"那个时候，博物馆的概念还只是雏形，但钱到了老金的口袋里，谁也别想要回来。之后这个行为鼓动了老金，他又在饭桌上凑了七八个投资人，如今钱已大体到位，就缺地理位置。老金喜欢拍着自己的大腿说"万事俱备，只欠东风"。牛莉反倒觉得除了东风，什么都没有。

老金的手机还是翻盖的，随便拍了两张照片之后，他把照片发进微信群里。牛莉找了一张自己还说得过去的照片，用美图秀秀修完图之后，又重新发进群里，看着照片，牛莉感觉怀孕之后自己变丑了，但也说不出哪儿丑。是要为人妻、为人母，爱情已经远去……对，就是那样一种丑，爱情再也和自己无关的那种丑。她放下手机之后，就不想再看照片了。手机里有几个信息，她没有点开。其中一条是Yans获得今年的武满彻大奖。怀孕后，准确地说，是结婚后，她已经很少关心音乐了，极少作曲，更喜欢做家务，她都不知道自己什么时候热爱上了做家务。要是经济允许，当一个全职太太最好不过了，甚至为了这个想法，她还萌发了生完一个孩子再生一个的念头，所以第一胎就要尽量顺产，剖宫产要等两三年，届时自己就将近四十。她关掉手机，也不知道Yans是谁，无论是谁，祝福获奖者，但，又会改变什么呢？又有什么区别呢？我们自认为和别人有区别的心都是假的，我们自认为和自己有区别的心也都是假的。这当然也是李杨告诉她的，几乎每次在饭桌上，李杨都会说出这么一两句话，别人多半没听到，牛莉总是偷偷记下来。但她也不知道这又有什么区别，又会改变什么？

她从房间的一角看见外面的窗，天是青灰色的，看上去不会下雨了，天气预报果真都是骗人的。青灰色就像死者的尸体，牛莉感觉也有一部分自己死去了，但她不知道是哪一部分，飘在天上，看着自己和未出世的孩子。或者说自己没有死去，因为也没有存在过，但是，她此时此刻希望肚子里有一个孩子是真的存在，这不会是假的吧？

李杨好像具备了一种看透别人的本领，忽然对牛莉说：“你想得太多，这就叫‘微细身’。”

“人作恶会不会受到惩罚？”她问。

李杨说：“一切都只是一些概念，不可得到。意识到的恶，都不是恶。”

她感觉李杨说得都对，但她不知道自己为什么会有这样的问题。她想到奶奶活着的时候很喜欢说的一句话："可以做害人的事，不可以说害人的话。"

"一个人有才还为恶，是不是更恶？"牛莉问。

李杨笑而不语。他们两个人都知道在说谁。

李杨自言自语道："菩提心就是出世心。所有的事物都是'一'，所以是'不二'。没有分别心。哎，一两句话也说不清楚。不然真的，哪天你跟我一起去听听课？"

没有了共同话题，每个人都在和另一个人说话。午哥拉住钟总，看上去很亲密的样子。老中医和老金干完一杯又一杯，接下来又是不停干杯，牛莉听见老金说："老中医因为吃了自己配的草药才千杯不醉。"老金又说："但我就从来不上卫生间。"牛莉想，肾不虚。李杨正在和手机里的一个人语音通话，很嘈杂，听不清，大概对方也已经醉了。人在语言中才有世界，牛莉不由得得出这种结论。进而她又想到老金的小狗、李杨的小狗、更多人的小狗和咬过自己的小狗（如今已经被车压死的那只），她好想去小狗的世界看看。"汪汪汪"，她竟然想学狗叫。牛莉又摸了摸肚子，不知道胎儿会不会听见，是从自己的耳朵还是肚皮听见？一个胖子和一个瘦子的肚皮会一样吗？牛莉肚皮上的肉并不多，但坐下来还是会堆砌两个褶皱。怀孕之后，她中断了所有健身。牛莉又摸了一把自己的后腰，怪不得王波已经很久不碰这个地方了。

她瞥了一眼李杨，李杨挂上电话，闭着眼睛，脸非常白，可以说有点可惜了，要是一个女士有李杨这么白的肤色，无论她的五官怎么样，都算得上是一个美人。可是李杨的白，只让他显得更胖、更虚，就是虚胖，据朋友说，他的心脏也不太好，大概就更白了，惨白。四周的声音越来越大，闭着眼睛的李杨好像在悟什么。牛莉用手拨弄他，问："你在悟什么呢？"她以为这是一句笑话，因为并不确定李杨是在悟什么还是睡着了，如果他打呼噜，她就知道了。李杨一本正经地说："很多词语来自佛经。悟，是无所得；悟，是桶底脱落。"

"还是不懂。"牛莉说。她感觉很累，也感觉自己的身体很轻，要飘到天花板上，贴在上面，看着下面。下面的人就像一只只虫子，一只只挣扎的虫子。

"你真的有必要跟我去听听课。"李杨说，"这么说吧，问题不需要解决。因为，问题根本不是问题。"

算了，更不懂了。牛莉想：那你到底有什么问题呢？但是她没有问。因为她知道问了多半还是不懂，只有去听课才能懂。另外，她也在想自己的问题。她觉得无比嘈杂，开始推翻自己刚才的想法，不是人在语言中才有世界，而是人在语言中才没有世界。世界在语言之外，不可描述，到语言为止。连世界的意义都在世界这个语言之外，她感觉自己正处在一片废墟之中。

牛莉又去了一趟洗手间，距离上次去洗手间才过了不到十分钟。她不想小便，只想安静一下，顺便看看自己的刘海儿，是不是还有十分钟前那个可爱的弧度，眼影是不是比刚才晕染得更厉害，但其实已经没有人可以清醒地看她了。这只是一种女性的自恋，也许当妈能治疗自恋，指日可待。

安静了一下，坐在马桶上，她想，无论如何，这是一群“人味儿”很足的人，他们喜欢人的生活、人的关系，可以一直喝酒，一百年不变。因为他们很适应，也许回家之后，会想逃离，或者在宿醉的第二天，想彻底结束这一切，但此时此刻，都给足了面子。

从洗手间出来之后，牛莉发现老中医又坐过来了，队形早就变了。“你有什么不舒服吗？”老中医问。他问得很贴切，就像真的很关心自己一样。

“没有吧。”牛莉说，但她不确定，所以自己说假话了吧，身体上没什么不舒服的，但心理上有。“哦，我想起来了。”她说，“有天夜里，我不太舒服，不知道是不是怀孕的反应，然后去离家最近的一个三甲医院看急诊。你猜多有意思，医生问我怎么不舒服，我就和她说怎么不舒服，然后没想到，她说：‘你如实回答。’当时搞得我也很被动。我说：‘是如实回答。我为什么要骗你呢？骗你有什么好处？’后来，我让她给我检查几个地方。你猜多有意思，医生说：‘这是急诊，不是体检。’”

“再后来呢？”老中医问。

“没了。一进医院，我就不难受了，还花了几百块钱。”牛莉说，“但是，夜里去急诊就能明白活着是怎么回事儿，有各种各样的病人，还有不少像你们这样喝多了的，喝多了打架的……”

“好多时候都能明白活着是怎么回事儿。”老中医说。好像他随便喝口酒，就能明白活着是怎么回事儿。

“是吗？那你升华了。”牛莉说。

她忽然想起很多年前的一件小事：

有一年夏天，酷暑，大概晚上九十点，路边都在吃烤串、大排档，就在她当年住的小区，小区里有很多八九线艺人，到了晚上，就都花枝招展地出来了。大排档多是东北人开的，卖鹤岗烧烤，还有全国各地的烧烤、冰啤酒、小龙虾等。总之，全国口味一盘棋。牛莉正好下班回家，开车路过的时候，感觉自己轧到了一个东西，停车一看，果然轧到了一个大哥的拖鞋，万幸没有轧到脚。牛莉连忙下车道歉、鞠躬，大哥旁边的小弟喝多了，说："大哥，你就用脚赌明天吧。"旁边还有更多小弟起哄，牛莉吓得躲回车上锁门。一个小弟趴在挡风玻璃上，勾手让她出来，后来小弟喊"再不出来就叫人了"。牛莉也急了，心想，就你能叫人吗？然后开车就要走。于是更多小弟蜂拥上来，牛莉给当时的男友打电话，男友的电话竟然通了，往常都是打不通的，她感谢老天保佑，男友很快就从旁边的小区过来了。接下来长话短说，男友过来毫无用处，被大哥压住脑袋要往路边的小龙虾锅里放，什么五香、小龙香，就是五香脑袋。牛莉打开车门，捡了一块砖头，朝大哥后腿肚砸，男友趁机抱住脑袋，马上报了警，旁边停车场的看门老头儿过来劝架，还拿毛巾裹了矿泉水给大哥冰腿，几个小弟在旁边说："干死你们俩。"牛莉继续蹿火，说："有本事你干。"大哥知道报了警，拦住小弟，几个人就在停车场等着。因为是旺季，大小事故很多，警察两个小时后才赶来。牛莉想，要男友有什么用？她又想，自己怎么这么混蛋呢？又想，可能自己不花枝招展吧。后来警车到了，警察说，先去医院鉴定。牛莉要开自己的车，有个小弟也上来了，类似扣押，还怕跑了，后来就到了急诊室，给脚指头拍照，大夫说没事。小弟气愤地说："你再仔细看看，这怎么都是缝儿？"大夫说："人的骨头都有缝儿。"小弟还要说话，被大哥拦住。牛莉想，是啊，脚痛不痛，自己不知道吗？后来男友取了1000块钱给大哥，让他买营养品吃。大哥说："你们快走吧。再不走，我就有更多小弟来。"

事情大概就是这样，具体的细节，牛莉已经忘了。她记得自己当时还对男友说："你怎么比我还㞞？"男友说："两个人都比一个人㞞。"

牛莉一直记得这句话，现在忽然更理解了，她如今就是两个人，还是㞞点儿好。于是，她冲老中医笑笑，老中医说："你要搞搞胎教。"牛莉想，我的胎教就是和你们这群无所事事的人吃无所事事的饭。以后我的孩子生出来，肯定一见你们就烦。

“你看胎儿性别了吗？”老中医问。

“能看不想看。”牛莉说，“男的女的都是我老公的，再说他也没什么家业需要继承。”

老中医不知道说什么好，就“嗯”了一声，牛莉说：“我们这屋没有人有家业需要继承吧？哈哈……”又说，“你可能有，你有手艺。”老中医摆摆手，说：“怀孕挺好，就在家待着吧。”老中医总结道，“以后就别出来了。”牛莉心想：是啊，如果每次出来都要和你说这么多话，那自然就不出来了，但是偶尔也出门。她对老中医说：“昨天才和王波去了动物园，大概因为疫情，动物园里的动物都很瘦，看上去缺钱，没有食物吃，但反而给人一种动物本来的样子——饥饿——的感觉，更加野生的感觉。”

“我之前去云南开一次专业会议。”老中医说，“云南偏远地方的大象都走到农田里，吃人类吃的东西，变得越来越像人。”

“大象真傻，干吗要像人？”牛莉说，“我也看过类似的新闻，印尼曾经从世界各地进口很多动物，想办一个大型动物园，后来，动物园疏于管理，很多动物就随便交配。所以，那个动物园里的动物都是独一无二的，有不少奇葩、怪胎。”

讲完这个，牛莉不知道自己为什么要和老中医说这个，大概因为怀孕在家，她看了太多奇怪的新闻，总想给什么人讲，随便什么人。她已经给王波讲过至少两次了，王波总是说：生下来就去。她也给父母讲过，父母说：卸完货就去。好像自己生的不是孩子，是黄瓜、西红柿一类的东西。

老金的正事一定谈砸了，因为没有举杯的环节。老金瞥了一眼老中医说：“你怎么长成这样啊，还搞中医？”

牛莉哈哈大笑，她知道，人还是要有幽默感的，这样可以知道自己和其他人的距离。

后来，老中医起身说自己陪老金坐一会儿，然后还说了一句“祝你幸福”。这让牛莉觉得很滑稽，他有什么资格祝自己幸福。于是，牛莉也对他说：“祝你幸福。”

应该是饭局快结束的时候了，来了一个大美女，发丝垂落下来贴在脸上。大美女肯定是钟总的朋友，她挨着午哥落座之后一分钟，牛莉就知道大美女是卖保险的了。

认识老金的时间长了，见的人无非就是作家、音乐家、诗人、摄影师……如今经济不景气，买保险是刚需，如果还有闲钱的话，卖保险就是用卖保险的方式认识世界。于是，牛莉对大美女说的每句话都产生了兴趣。大美女脱掉大衣，里面的扣子系在胸口。老金喝多了，让大美女系上扣子，如果不系就解开，不要又不解开又不系上。后来，老金又对老中医说：“我跟你连干三杯，你去把她的扣子给系上或者解开。”大美女并不为其所动，和老金先干了三杯说：“钟总说今天来的都是文化人。”然后，她用余光看了桌上的人一圈，又说：“可惜我就没什么文化了。”

“女的不需要有文化，长得好看就行。再有文化的女的，也不如有文化的男的。”老金说。

牛莉想，这才是老金真心想说的。他从心底里看不起女性，但又需要女性，有时候也被女性控制，之后觉得自己是大傻瓜，于是痛骂女性，周而复始。不知道是老金的问题，还是某一代人的病态。牛莉并不在乎，因为她连老金也压根儿不在乎。老金说过牛莉：“你不靠喝酒，还能靠什么？”牛莉虽然不在乎，但觉得他说得也对。

除了卖保险的，牛莉还在老金的饭桌上见过卖飞机的大美女，也是有钱人布下的大餐。大美女到场，介绍飞机，最后发现没人买得起，悻悻离开。牛莉有一份商业保险，她到现在都没有用上，但是用不上，她又感觉亏了，可还是别用上的好。她盯着大美女想：虽然有些粗俗，但对社会人情很熟练，而且以熟练为荣，不过，长得好看真好呀。

尽管王波说自己很迷恋牛莉的长相，没错，他用的就是“迷恋”这个词，但牛莉感觉，这多少是因为他见过的女士数量有限造成的。何况两个人在一起久了，自然就会觉得对方好看，她如今也觉得王波不难看了，还经常有一股孩子气。“一个男人如果不能展现出孩子气，多半是因为还没有真的爱上你。”这句话不是牛莉想到的，是日本一个过气女演员的名言，这个女演员总是尽力把每一个和她演戏的男演员当孩子对待。但是牛莉想，那面对真正的孩子，又该当成什么来对待呢？

午哥整个晚饭都话不多，他平时话也不多，很瘦，看上去像一只活动雕像，但今天是他牵线搭桥。牛莉坐过去，又和午哥干了一杯热酸奶。午哥说：“你没喝多，我就跟你说啊，我爸出了医疗事故，就刚才。”牛莉插不上话，也不想插话，只在心里说道：怪不得。午哥说：“我逼他去做一个检查，检查的时候出了问题。”午哥又喝了一小口啤酒说，“也不知道是不是我把他给害死了。”

牛莉低头，尽量做出一副很悲悯的样子。她想起自己刚刚去世的奶奶，因为在今年上半年生病，虽然不是传染病，可是全家耽误了治疗，说来话长，就不说了，最后她很快去世、被火葬了，有一种毁尸灭迹的感觉。这些生命中最痛苦的时刻，也许只能一个人分分秒秒认真对待。

后来，大美女开始和所有人加微信，牛莉一开始没有加，因为她真的不打算买保险。老金说："牛莉，别看你现在装得狂，谁都有不为人知的一面。"这句话说得很突然，牛莉马上拿出手机说："加！"大美女的头像是一个小男孩，看上去像她的儿子，老金说得没错，谁都有不为人知的一面。

那天牛莉的毛衣上有很多金光闪闪的小亮片，老金后来完全喝大了，一定要揪下来两片。衣服很便宜，牛莉揪不下来，就用烤肉剪刀剪下来几片，不止两片，大概20片，老金用餐巾纸包了，还把饭馆的烤肉剪刀顺走了。

之后，牛莉给大美女倒了一杯酒，这样才可以让别人感觉自己并非嫉妒她的美貌。事实上，牛莉并不嫉妒，她只嫉妒和自己像的人，所以她理解不了这个世界上为什么会有双胞胎，幸好自己的肚子里只有一个孩子。这个孩子无论长成什么样，她都爱，那是一定的。但她又一想，也许孩子的头大，因为她和王波的头都大，也许孩子上了学，就会被别的小朋友叫“大头”。另外，孩子出生的时候，自己多半要做一个侧切手术了。

不一会儿，又来了一个人，也是钟总的朋友，大概钟总的朋友都很忙，转场过来。新朋友也是搞收藏的，主要是玉。他让在座的叫他小彬，和老金惺惺相惜，要切磋一下，老金已经喝大、喝翻、喝傻了，拿出自己收藏的几个图片给小彬看，小彬看了说：“那就不评价了。”后来又说“喜欢就好，开心就好”。牛莉问小彬多大，小彬说他是1994年出生的，牛莉想比自己小10岁，但这不就是社会主流吗？老金自己喝了一杯说：“我就喜欢年轻人给我讲人生哲学，开心就好，喜欢就好，哈哈哈……”牛莉也“哈哈哈”，小彬说自己出生就玩玉，虽然是90后，见过的东西不比60后少。老金就是60后，于是代表60后问他：“什么叫‘出生就玩玉’？是你出生时含着玉吗？贾宝玉？”接着又“哈哈哈”。钟总喝多了，所有人都喝多了，没有人需要给小彬面子，也没有人需要给老金面子。老金说人不能一直活在自己的优势领域里，虽然他在说小彬，但牛莉感觉他在说自己。这么多年，她一直在做自己擅长的事，写自己擅长的曲子，稍微不擅长，就觉得不值得，干脆算了，于是结婚、离婚，又结婚、生孩子，这都是一种消耗。因为值不值的概念，她觉得自己快完蛋了。

小彬醉了，1994年出生的人酒量暂且不行，于是开始说一些呓语，看上去比他清醒时说的话更有水平。老金说：“喝酒第一个醉的人都是因为不善良。”牛莉想到自己，因为不喝，于是不醉，那她到底是超级善良还是超级邪恶呢?

再后来老金也开始呓语，他有三步：第一步，我爸爸是师长；第二步，我是干部子弟；第三步，我家有两处房产。通常，他都要握着牛莉的手说这三句话。老金的手很软、很温暖，牛莉的手很硬、骨节分明。算命的说，牛莉这样的手一生操劳。算命的不是别人，正是牛莉的父亲，很有一种为女儿不值得的感觉。今天也是如此，老金握住牛莉的手，就像握住自己女儿的手，牛莉早就听腻了，她不知道应该说些什么，于是说：“我的手很有劲儿。”接着，她就真的很有劲儿地握住老金的手，老金慌忙把手抽了回去。

老金把手抽回去之后又说：“我怎么就不能摸你了？”

牛莉就喜欢老金认账，不管干了什么都认账，从来不出老千，比如，此时他理直气壮地问：“我怎么就不能摸你了？凭什么别人能摸你，我就不能摸你？”这些问题从来不是牛莉的底线，她一次都没生过气，尤其摸着一双很软的手，一种手无缚鸡之力的感觉，她就更不生气了。

“年轻的时候叛逆，现在都一个一个怀孕。”老金忽然说，“全是混蛋。”

牛莉在想自己叛逆吗？她快速得出结论：并不。她想起父亲给自己算命时说：“大的方向不乖，小的方向乖。”父亲当然不会算命，他只是喜欢这么说自己罢了。她想，很多现象都只是一种理论，比如牙膏理论，古人根本不刷牙，后来因为有了牙膏，就有人说刷牙的重要性，于是人们买牙膏刷牙，都被骗了。她也被自己骗了，还以为自己是什么样的人，周围人就以为她是什么样的人，有一点喝酒的需求，就放大这个需求或者任何需求，但这都错了。

她拿着手机去了卫生间，有几条母亲发过来的信息，别人的信息可以不看，父母的信息要看，因为他们老了。母亲发了几个60秒的语音，牛莉转换成文字，大意是：“双十一”婴儿车、婴儿床等好多东西半价，要不要买？

牛莉感觉很愤怒，因为这一切都会被她理解成一种压力。于是她回了一个笑脸，又说：“不要给孩子花钱，不花钱的孩子都会让人意想不到。”她不知道自己为什么会发这样的内容，母亲什么都没回。她想到父母在自己身上花的钱，主要是出国留学。现在的自己果然没什么让他们意想不到的，就是这么普通的一个人。有一次，父亲说：“养老肯定指不上你。”父亲当时那样说并非气话，仅仅陈述了一个事实。也许到了2030年，父母就真的要开始养老了。但是牛莉对2030年没有任何幻想，她在1999年的时候幻想过2000年，这样的幻想就像石头扔进水里，激起几圈涟漪，便很快归于平静。

大家在一个空间里，又像在一个平行时间段，有人喝多，就有人没喝多，有人活着，就有人死了，可以交叉循环，牛莉是一个没喝多的死人，像一个废物在这里。她打开新闻，看见一个热搜，是给网红一个月刷了一个亿的大哥如何如何。

她想，这一切并不难理解，就像理解1+1等于2，其实是1+1可以等于2，也可以不等于2。但是，只需要理解等于2就可以了。这就是真相，连这种假设都应该被理解成一种真相。

后来，服务员进来了几次，有点催大家走的意思，还会所呢？真不景气，牛莉心想。准备走的时候，老金将自己关于古代小动物雕塑的书从塑料袋里拿出来，送给了钟总、钟总的司机、钟总的秘书各一本，司机和秘书是刚刚来的，后来发现塑料袋里多了一本书，老金就把它送给正好过来收盘子的女服务员。女服务员不敢要，午哥着急走，硬要把书塞给她，又推脱了几番。牛莉在旁边说："你也读读。"说完这句话，牛莉感觉自己说话很难听，就又坐回旁边的沙发上摆弄刚才装书的塑料袋，塑料袋上写着"燕客隆超市"。沙发前面的茶几上还有坚果，牛莉剥了几个核桃，她想，这对胚胎大脑一定好，还有一些鱼干和虾干，可她因为是桥本甲状腺炎不能吃，于是又掰了几个核桃。女服务员和午哥还在为了书推让，午哥说："叫你们老板来。"牛莉哈哈大笑。女服务员不得不把书揣在围裙里，刚放进去，就被老金要求拿出来签名，老金喝多了一定要签名，女服务员说自己姓于，要是往常，老金多半还要在书的空白处画上一些图。此时此刻，他只写了一个"于"字。牛莉嚼着核桃，手上还拿着核桃走过去看，老金写的是一个大大的"干"字。

　　秘书搀着钟总的左膀，司机搀着钟总的右臂。钟总无论如何都不肯走，说自己汽车的后备厢还有茅台，要别人去拿，可他没有指名别人是谁，于是没有人去拿。后来，钟总在台面上趴了几分钟，忽然抬起头，看着坐在旁边的牛莉说："你怀孕了？"

牛莉想，这个人自己以后大概不会见了。他是谁？他来自哪儿？他要干什么？牛莉看着他的左膀右臂。没错，这三个人自己以后都不会见了。而他们三个人也不会见自己了，也不会见老金了。老金喝多了就喜欢说："有钱人都是××。"于是真的没有××喜欢投钱给老金。这一切让午哥也很为难，怪不得他要走。

钟总没有继续问，他显然并不关心，也不知道这个问题自己已经问过了。他喝多了，甚至可以问一个男的"你是不是怀孕了"。他重新趴在台面上，看上去没有要走的意思，左膀右臂也去茶几吃核桃，还有鱼干和虾干，看他们嚼得很来劲儿。服务员将盘子收得差不多了，午哥搀着老金，老中医闭目养神，李杨准备走，又没人走，李杨站起来又坐下。

服务员又进来催了几次，李杨因为只喝了一杯高级红酒，还相对清醒，说："撤吧。"

牛莉响应，先站起来，左膀右臂过来搀住钟总，也可以说是抓住，抓得很牢，钟总的嘴角沾着瓜瓤残渣，牛莉想不起来是不是上了果盘。

红曲酒还剩了一点，被老中医装在盒子里带走了。临走的时候，他还对牛莉说："平安就好。"

出门的时候下雨了，很小，牛莉走在雨中很舒适，她对李杨说："我送你吧，顺路。"李杨说："我开车。"老金不想走，要转场，一把拉住牛莉，牛莉很有劲儿地给他甩开了。老金又说："谁今天要走，谁就死无葬身之地。"说完双手无助地垂落在身体两侧。于是，两个人快速往停车的地方走去，依据经验，这个时候一定不能怜悯老金，否则要到清晨才走得了。路上，李杨问牛莉最近在干吗，好像走出那个会所，人说话都变得正常一些。

"主要就是怀孕。"牛莉说，"好像怀孕真的是一件正事。"

李杨是过气导演，如今专心信佛，偶尔接点儿活儿赚钱。因为要走一段很长的路，牛莉说："我在想一个剧本，我给你说说吧。"

李杨说"好"，又问："你图什么？"

牛莉没明白，李杨接着说："都怀孕了，还这么累，图什么？”

牛莉说：“待着最累，我就不知道怎么待着，总得干点儿什么，佛经里面有说怎么待着吗？”

四周很黑，有两排路灯，其他人还在后面，大概老中医在前面，他一个人走得很快，可能真的吃了自己配的药，可无论前面还是后面的人都看不清了。

牛莉要和李杨说的这个剧本叫“西出阳关”，牛莉说：“就是‘西出阳关无故人’的‘西出阳关’，但我觉得叫‘西出阳关’就很好，也可以叫‘无故人’，但是有点儿做作，不明所以。光是这个题目，我就思考了一阵儿，因为你知道，怀孕真的很闲。咳，你怎么能知道呢？”

李杨和妻子结婚数年没有孩子，用李杨的话说：“要孩子没用。”于是，牛莉开始讲自己的剧本，她说：“有一年，‘我’一个人去西北旅行。我就快点儿给你讲了，争取上车讲完。是‘我’去西北看望一个生病的朋友，‘我’和这个朋友姑且算是朋友，也可能是另外的关系，我不确定。当然，这个‘我’不是我，也有一部分我，有真的，也有假的。不过，你是导演，你都知道。后来‘我’搭车，司机一直给‘我’绕路，‘我’很生气，因为‘我’怕再耽误就看不见这个朋友了，他是绝症，怕什么来什么，就真的出了状况。后来，司机在路上又搭了一个女的，不是‘我’这种外地游客，两个人看起来很熟。因为西北就是这样——从一个地方到另一个地方都有百八十公里。女的坐在前面，他们聊啊聊，‘我’才知道。你猜，怎么回事儿？”李杨适时地摇了摇头，牛莉接着说：“他们俩是情人，约好今天私奔的，要不是‘我’给的钱多，他们俩大概已经私奔了。‘我’去一个地方，见一个不确定的朋友。他们俩离开一个地方，因为确定。可是又聊啊聊，‘我’忽然发现，天啊，‘我’和这个朋友的感情比他们俩的感情更深，而他们俩说的私定终身、投奔未来，简直肤浅极了……”

讲到这儿的时候，牛莉的手机响了，是她下载的一款孕妇专用App，叫“贝贝树”，里面跳出来的信息说：怎么瘦孕。大概就是又怀孕又瘦的意思吧！她想：美得你。于是，她把这款App卸载了。她早就想卸载了，如果不是因为跳出来的信息，她都忘了这款App。

“挺好的。”李杨说。

这句话还不如不说，让牛莉觉得非常敷衍，本来她还以为李杨会说一句更敷衍的话，比如：“我找找机会，帮你弄出来啊。”

到了车边，两个人惊讶地发现老中医坐在马路牙子上，也许在等车，也许在等人，也许什么都不是，只是为了吹吹风，他走得真快，但两个人都没有和老中医打招呼，其实是不想捡起他，有时候朋友之间是很冷酷的，在一起开心，开心之后不管死活，也许这根本谈不上什么朋友关系，甚至他们两个人都没有因为眼前所见的一幕而发表一句感慨。牛莉感觉什么学佛的呀，都学到脚指头缝里去了。小路上有淡淡的青草根茎的香甜味儿，主路上铺了一层落叶，走在上面吱吱嘎嘎响。上车之前，她又回头从夜色中再看了看这座遗址公园，她想到了一些词汇，例如：朴素节制、蒸汽朋克、末日废墟、天空之城。于是她拍了几张照片，用的是夜景模式，就像在网红地打卡。另一件让她惊讶的事便是，她发现那辆SUV还在，里面的人还在看手机，给人一种从几个小时前就坐在里面看手机而且根本不打算下来的感觉，牛莉觉得有些恐怖，迅速钻进车里。

李杨的一杯红酒或许已经代谢，何况还是一杯高级红酒。他们快速驶离这片遗址公园，今天就算旅游了。老金的饭局多半在四环，很少去二环或三环，因为那边的饭馆更贵，不符合他们频繁聚会的特点。

“王波在家干吗呢？”李杨一边开车一边问，问的时候，他还从后视镜看了一眼牛莉。于是，牛莉问他：“你老婆在家干吗呢？”

“还能干吗？玩狗！”

对了，牛莉想起来，李杨也养了小狗，不知道午哥和老中医养没养狗。老中医多半不会养，养狗又不养生。午哥应该养一只，会增加在女性心中的好感，一个有狗的单身男人肯定是一个有爱心的单身男人。

牛莉说：“他还能干吗？等我回家。”说完哈哈大笑。

“估计再有半个小时就到了。”李杨说。

“哦。”牛莉应道。但其实，她想晚回家，因为这四个月，她和王波做得最多的事情就是待在一起，什么样的关系可以禁得住两个人总是待在一起呢？于是，牛莉对李杨说，并且由衷地这样说：“你老婆真好，你出来，她从来不催你，我看你就不像其他人老看手机，十分钟一个信息，半小时一个电话……”她还没说完，李杨就说：“她巴不得我不回家呢。”

于是两个人又哈哈大笑。

“你刚结婚不知道。”李杨说，说完又吞回去一些话，好像说错了。

牛莉在心里算了算，要是加上第一次结婚，她也不算新手了。但她讨厌老手，一副过尽千帆皆不是的样子。

“夫妻就是相安无事。”李杨说，后来又补了一句更恶毒的话，“我信佛，不信基督。我知道有一些基督徒，如果上帝让他们爱自己的妻子或丈夫，他们也不能不爱，是不是？”

牛莉实在没办法从嘴里挤出一个“是”字。李杨的老婆喜欢管李杨叫“我丈夫”，听上去像从短篇小说里走出来的一对夫妻。

于是她说：“我还是很爱王波的，他回家晚了不接电话，我会担心他，不是担心他有没有出轨，如果他真的爱上别人，我能有什么办法呢？我总是担心他死了。不知道是只有我会这样担心，还是女的都会这样担心，大概这样的担心是对男的真的出轨的一个终极诅咒吧！”

说完，牛莉又自言自语了一句：“可是他不会死的。”

她的声音很轻，不过还是被李杨听见了。李杨说：“其实，死也没什么。”

牛莉把头倚在窗户上，她害怕李杨又让她去听课。

但李杨这么说又没做错什么。于是牛莉问李杨最近在干吗，李杨说在准备一个超级大烂片，不光烂，还大烂，还超级大烂，牛莉也真的不知道他图什么。片名倒十分不错，叫“尾生抱柱”。牛莉没继续问，李杨也没继续说。好像说完超级大烂片的名字，就再无话可说。

她拿出手机看了看，有几个王波发过来的表情，她也给王波回了一个表情。虽然她很爱王波，也相信王波很爱自己，但有时候除了表情，还真不知道应该发什么，感谢这个世界有表情包的存在。有时候她会偷王波的表情，看上去像一种夫妻共同财产。

王波迅速回了一个图片，是早晨牛莉给他煮的五香鸡蛋，因为胆固醇太高，牛莉不让他吃蛋黄，于是他吃了五个蛋清。牛莉通常只在超市买一些特价鸡蛋，供他这样糟践。

“你要听胎心吗？”牛莉看着手机忽然提议道，她想李杨一定没听过，但也许听过。她把上次孕检的胎心存在了手机里，打开手机之后，就自动连上了蓝牙。胎儿的心率都很快，成人为每分钟100次左右，胎儿为每分钟150次左右，整个小汽车里响起了“咚咚咚”的声音。牛莉循环播放了几次，宇宙声音呀。她自言自语道：“我第一次在B超里看见宝宝，他的头、他的身子，他的头和身子之间小小的距离，还不到10厘米。我就知道，不能失去他了。”

李杨没说话，夜晚的街上还在堵车。一些商业中心的镭射灯缓慢照射过来，像一条条彩带，在李杨的脸上流转。

牛莉关掉手机，她忽然想到午哥说的医疗事故——意外。于是她问李杨怎么理解意外，李杨说想想，想到了再告诉她。后来李杨也没有说话，也许是累了。

到家的时候快12点了，据说孕妇应该早回家，无论如何都要在12点以前，牛莉掐着时间。家门口放了很多怀孕的书，都是朋友赞助的，牛莉一本没看，全堆在外面，因为拿到下面的垃圾站太沉了，她想——这些都看完，自己就成月嫂了。

王波正在沙发上，没有睡。一条腿跷在沙发靠背上，袜子露出了脚后跟，穿着外面的衣服裤子，牛莉进门第一件事便是让他脱衣服裤子，然后还要翻过来，袜子或者穿上，或者脱下来，她很讨厌这样搭在脚上，给人一种单身汉的感觉。但因为不想惹王波生气，她都自己去为他做这些事情，如果一个女的要给你脱衣服裤子或者洗袜子，你还能不同意吗？茶几上放着几个被剥得四分五裂的鸡蛋，早晨煮的时候，牛莉忘了放白醋，所以很不好剥，还有不少蛋清都浪费了，她把蛋清和蛋皮一起扔进垃圾箱的厨余桶。桶是小区物业免费发放的，为了督促大家进行垃圾分类，但牛莉试过几次，就算不分类，也没有什么后果，楼下的阿姨每天都在垃圾箱旁边分类，看上去就像一头牛在低头吃草。因为见到了那样的场景，牛莉决心把垃圾分类做好。因为害怕蟑螂，所以她每天睡觉前都倒一次垃圾。早晨起来，套上新的塑料袋。从某种程度来看，一天的生活周而复始，有点像被设定好的机器人。王波给电视做了手机投屏，正在看一档音乐选秀节目，因为学音乐，牛莉从来不看这类节目，王波把声音开得很大，牛莉瞥见电视里的一个人好像要把话筒吃掉一样。王波把牛莉拉到沙发上，双手放在她的肚皮上说：“你今天做什么了？”牛莉不知道他在问自己，还是在问肚子里的宝宝。当两个人无话可说的时候就说这句话，然后就更加无话可说。因为吃得有些多，她想拉王波陪自己去楼下走走，于是她说：“医生说要多走走。”王波说：“医生真的说了？”

楼下的树叶有些已经发黄了，接下来等待它们的就是掉下来，小区里还有一些假竹林，它们永远不会掉下来，不会发黄。

王波说：“明天再陪你走吧。”

“那你在家做什么呢？”牛莉问。

“我还没看《冰血暴》最新一季。”

“我都看完了。”

夫妻就是这样，牛莉想，看电视也一定要看不同的集数。

“你可别给我讲啊！”王波说。

牛莉起身去换自己的防辐射服，粉色的，前面有一只耷拉着眼皮的小熊图案。买衣服的时候，店家还赠送了一个婴儿用的小围嘴、小袜子，只有掌心这么大。她又热了一杯黑豆奶，发现昨天的碗筷和盘子还浸泡在一摊静止的水里，上面已经起了一层亮晶晶的油膜。她用手打散，油膜又很快聚合在一起。她置之不理，黑豆奶是为了给自己补充一些孕激素，她也不确定自己是不是缺乏孕激素，反正多多益善。今天应该问问老中医的，忘了。

她还想再求王波陪自己下去走走，可是想想算了，就算擅长，也不应该太过分，如果她求他，王波一定会下楼，但是没必要。牛莉小时候和奶奶住在一起，每天睡觉前，奶奶都会给她讲故事，其中有一个故事叫“蓝胡子公爵的城堡”。讲的是一个女的嫁给一个公爵，他们非常相爱，公爵对她说：“我的房间你可以随便看，但只有最上面一层千万不要去。”夫人说：“好。”有一天，公爵去远方，夫人在家无所事事，就在各个房间溜达，后来就溜达到最上面一层……故事的中间，牛莉记不清了，结尾是公爵回来后很失望，对夫人说：“我只能杀了你。”小时候听这个故事，会认为公爵特别神秘，没有人性，十分阴森，而女的死得很可惜。大了之后，牛莉忽然明白，男人渴望一个永恒的女的去满足自己，女的则以为自己是不一样的，于是这成了绝对的悲剧。所以，她知道有些事就算擅长，也不应该做得太过分。牛莉只能一人下楼。

她感觉自己回来只是收拾烂鸡蛋的。

已经过了晚上12点，但因为是在小区里，她想无所谓。等电梯的时候，牛莉莫名其妙地想起老金年轻时写的两句诗。一句大意是：我无论到哪儿都像走错了方向。另一句大意是：相同的黑夜走近不同的黑暗。也许这是一首诗中的两句，也许是两首诗中的一句，也许不是诗，只是酒后的胡话。但老金年轻时真的是一个诗人，如今已经不愿意承认了。但是牛莉很想找一天告诉他："无论在何时承认自己是一个诗人或曾经是一个诗人，都是不丢人的。"但是为什么刚刚没有和他说呢？下楼之后，她走近假竹林，小区的路灯很亮，让假竹林看上去更假。低端小区的路灯都很亮，她也曾住过高端小区，经常看不清回家的路，所以她认为自己更适合住这样的小区。尽管是这样的小区，每个月的房租也要一万元，王波负责房租，牛莉负责日常开销，但两个人并未明确规定，谈钱伤感情，但他们心照不宣。如今辞了工作，她一直在吃积蓄。就算再节省，只出不入的生活也偶尔让她焦虑。她看见几个孩子大概没有上小学，在假竹林里奔跑，这么晚了，他们的爸爸妈妈呢？牛莉很困扰，也感觉不合常规。孩子们速度很快，牛莉停下脚步，夹杂着尖叫声，她感觉心烦意乱，想到自己的孩子有一天也会这样，尖叫着奔跑，无始无终，但是这种想法刚一出现，她就控制住了。她想，这种评判不也是一种作恶吗？万一，万一他们这样的无始无终是一种真的快乐呢？自己曾经也是他们中的一个。

走了几圈，她就上楼了。王波进屋睡了，两个人分开睡，是牛莉提议的。她刷牙洗脸，躺在床上，翻看昨天的侦探小说，如果困了就睡。怀孕之后，她就靠侦探小说打发时间。昨天看的这一篇她很喜欢，讲的是一个男的忍受不了自己老婆总是唠叨，于是将她杀了，之后逃到另外一户人家，想绑架女主人帮助自己出境。可是到了另外一户人家，他感觉又回到了自己家，正是早餐时间，女的因为男的喝咖啡还是喝茶，足足唠叨了十分钟。不管怎么样，牛莉感觉这很不像一篇侦探小说。之后她又看了一篇，讲的是一个男的因为对一个女的爱而不得，于是自杀了。过了很久，警方发现，男的不是因为爱，而是因为贪图女方的财富，于是警察决定把真相告诉女的。让人没想到的是，女的已经忘记有一个男的为她自杀了，不管是因为爱还是贪图财富，她都无动于衷了。牛莉合上书，她不打算再看这本书了。她看了看封面，这是一本骗人的侦探小说。她很快就睡着了。

大概半夜的时候，她觉得肚子很胀，就起来上厕所，怀孕之后总有尿意，有几次孕吐，还小便失禁。她感觉自己是一个浑身散发臊气的女士。坐在马桶上很暖和，她看了一眼手机，凌晨三点，有一条李杨发来的信息，时间是几分钟之前，看来李杨也是一个失眠人。一项最新调查说：中国有三亿人有睡眠障碍。

李杨发来的信息是：意外、后悔等都是人建构的系统，而佛教则建立了一个缘起空性的系统，靠不住就是佛法里面的空性，需要依赖另一个因素而存在。

牛莉想把这条信息转发给午哥，但又觉得实在不像自己会说的话。看过之后，她困意全无，打开老金的朋友圈，因为不知道他喝多之后会发什么，牛莉对此很好奇，老金通常会发一些大家的醉酒照，越丑的，他越喜欢发。牛莉看见那把烤肉剪刀，下面写着：拍卖牛莉的剪刀，25 000元。牛莉数了一下零，没错，两万五千元。她想两毛五，自己都不要。她还想查查“尾生抱柱”到底是什么意思，但是并没有这么做，因为她有些饿了。怀孕前如果夜里饿了，她肯定要忍着，此刻她不想忍着，于是打开App，点了一份炒饼，看图片很漂亮，炒得很干松的样子，因为是夜里，大概半个小时就可以送到。这就是生活在这座城市的好处，也许长期来看并非好处，每一个需求都能迅速被满足；但是短期来看，凌晨三点，好处大大的。她平躺在床上，关于孕妇的睡姿，她现在还无需掌握，只要舒服就行。房顶的管灯因为刚才短暂地打开了一下，现在关上之后，还有一层白光。她看了看手机，时间过得很慢，只过了一分钟、两分钟……平躺之后，饿意没有那么严重了，于是她又把外卖订单取消了，卫生间的抽水声若隐若现。只是，外卖订单取消之后，她更久久无法入睡，因为她想到一件可能性为零的事：万一自己取消了订单，外卖员还是给送来怎么办？他会不会按楼下的门铃呢？

冬　至

已经怀孕六个月了。

醒来的时候天还不太亮，可是已经八九点钟了。这让牛莉想到很多人是早晨八九点钟的太阳，世界是属于他们的。但她自己更像一幅远古壁画，肚子很大，还很沉重，好像被钉在床上。她静悄悄地躺在被子里，打量这个房间，阳光里的浮尘、白色的木地板和家具，曲颈台灯也是白色的，都已泛黄。爸爸送来的挂钟，荧光色指针停在一个位置。怀孕后她无所事事，如果醒来太早，就会有更多时间无所事事，比如现在。随着孕周增加，她的桥本甲状腺炎变成了甲减。原来的桥本听上去像一个日本人的科学发明。胎儿需要的甲状腺只能靠母体分泌，而牛莉自己分泌有限，还被抢走了一部分（可以用“抢”这个动词）。如今，她每天醒来的第一件事就是吃一片优甲乐。之前是半片，吃过之后很难再继续睡着。但她就喜欢这么躺着。平均两周，她要让王波陪自己去医院空腹抽血，如果病情变化了，就要调整用药量。当然这种担心就像一小团云雾，氤氲一阵就消散了。自从怀孕后，她就有了一种大无畏的精神，或者说，一个生命完全依赖另外一个生命的提供，这让她多少觉得自己比王波更伟大。尽管拥有了大无畏的精神，但是每周看着体重秤上的数字，她不免忧心忡忡，已经六个月了，或者说24周，科学的说法是周。好像胎儿的生命还不能以月计算。半年，长了十斤，但她不知道这十斤去了哪儿？她摸摸自己的圆脸，好像也没有变得更圆。

因为无所事事，她想找一些关于怀孕的小说看，可是一本像样的都没有，全是关于怀孕的科普书籍，在她看来，多是一些假科普书，如果一本书说可以这样做，那准有另外一本书说不可以这样做而要那样做，并且一定还会有第三本书说既不能这样也不能那样。她在网上看，卖得比较好的还有女明星怀孕如何不长胖那类，牛莉想：如果不长胖，怀孕就太没有成就感了，她知道女明星都是活到单一向度里的人，比如不长胖就是她们的单一向度。大概如此，更别提关于怀孕的小说了。在二十几岁的时候，她读过一个意大利女记者给肚子里孩子写的信，后来女记者在和男友的一次争执中流产了。牛莉不想看，她觉得是不祥之兆。那些信也写得很有精英主义风格，比如要孩子在寂寞中学会宽容，在不幸中学会慈悲……牛莉不禁邪恶地想道：就是因为说得太多了。因为甲减，她很少再吃海鲜。牛莉认为，吃海鲜会聪明，吃猪肉会傻。但她现在只能吃猪肉，她想，一个不太聪明的孩子一定会明白宽容和慈悲的，因为他们甚至都不能感受到不幸和寂寞。

她就在床上躺着想这些，躺够一个小时之后，她就要起床吃早餐，药片已经在胃里充分溶解，她原来读过一本书叫《药片的精神》，具体写的是什么，已经完全忘记了。她知道人的记忆分照相机记忆和闪光灯记忆，我们大多数人都是照相机记忆，只记住应该或者愿意记住的事，应该是被动的，愿意是主动的，但并不是完全的主动和被动，而闪光灯记忆就是无所不包。拥有闪光灯记忆的人，根据医学记录，从古至今只有十个人。这些孤独者就像漆黑的海面上闪动的微光。

牛莉起床，发现王波也正好从他的房间出来，两个人在洗手间碰了一下，略微尴尬。牛莉说“我先上”，王波说“我先上”。后来，王波又说“好，你先上”。于是，牛莉说“那，你先上”。这可并不是因为相敬如宾。怀孕后子宫被挤压，牛莉总是存不住尿，每次只有一点点，但是尿意很强烈，这一点点让她很没有成就感，大概就是一个中年男人前列腺炎的感觉，王波也人到中年了。牛莉没再理王波，自己去漱口，天气潮湿的时候，牛莉的脚气就会犯，谈恋爱的当年，谁会希望自己的伴侣有脚气呢？嘴里铺满了牙膏沫的牛莉忽然想到一个问题，于是她说：“一个人要是总吃猪肉，会不会就和猪的基因相似度高？”王波回答说：“人和猪的基因相似度本来就高。”王波念书的时候是学霸，高考600多分，牛莉高考400多分，勉强在这个城市有学可上，但是看看如今，还不是泥沙俱下？漱口的时候，两个人挤在小小的盥洗池，让牛莉失去了耐心，她侧身看了看自己和王波的肚子，她怎么感觉王波的肚子比自己的还要大一点呢？这些怀疑像一个又一个灼热的陨石掉进她的日常生活里。

早餐牛莉煮了面条，肚子越来越大，就越来越懒，她有一种简单的煮面条的方法，加水，再加面条，接着加鸡蛋和蔬菜，关火的时候，放一点味精和无碘盐。王波吃了昨天剩下的饺子，在微波炉里加热一下很简单，牛莉从来不吃剩菜剩饭，这让她有种昨天没过完的感觉。按微波炉的时候，她用一根长筷子隔得很远，她相信这样辐射就会离自己远一点，但她又不想不用，如果用蒸锅热剩饺子，可就太麻烦了。家里有一个三层蒸锅，是婆婆从老家带过来的，其实一层就够用了，这个三层蒸锅看上去就像老家特产一样。

牛莉一边吃面条，一边在网上查为什么人和猪的基因相似度高，王波在旁边看游戏直播，每一个饺子，他都留一口皮，怕胖。刚认识的时候，牛莉吃过王波老家的饺子，叫“大耳朵”，就是皮很厚的意思，寓意吉祥，其实就是馅儿更贵，所以皮更厚。牛莉喜欢吃厚皮，有一种面香扑鼻的滋味。她觉得吃大馅儿饺子的人都是因为小时候家里很穷，长大了还喜欢占便宜。

她搜到一篇文章，里面说人的内脏与猪的内脏相似度最高。牛莉把这篇文章里的一段念给王波听，王波的面前已经堆满了饺子皮，他忽然停了一下，说：“因为所有生物细胞内，有一种物质叫细胞色素C的氨基酸，人和猪的细胞色素C的氨基酸差异小，所以基因相似。”

大概王波高考的600多分里，生物是满分。

牛莉问：“你怎么知道的？”

王波说：“念过高中的都知道。”

牛莉说：“那我怎么不知道？”后来又自言自语，“不过关于高中，我能记住的事情已经不多了。那你再给我讲一件你念高中时记住的事情。”

王波又从饺子皮里挑出几个皮咽下去，大概没吃饱。他说：“高中啊，没妹子。”

牛莉喝了一口咖啡，她从来不吃面汤，因为不喜欢里面的味精。她说：“你还管女生叫妹子，一听就是屌丝。”

“我们老家都叫妹子。”王波说着从餐桌直接坐到书桌旁，把键盘敲得噼啪作响，是在打游戏，和刚才看游戏直播无缝衔接。王波敲键盘的声音很响亮，击键速度飞快，“哒哒哒，哒哒，哒”，就像给过去的自己发出一串神奇密码。

牛莉起身把两个人的碗刷了，她知道放得越久，就越不想刷。牛莉对自己刷碗的要求很低，只要刷了就行。但每周父母过来的时候，她会把所有的碗再重新刷一遍，甚至刷到闪闪发光。看着她这些举动，王波总说：“你还不能真实面对你父母吗？”之后她又坐回沙发上顺着这篇文章又看了一些稀奇古怪的文章，如“动物有自毁基因的行为吗？”“一个人死了无穷年之后，会不会组成这个人的基因，重新排列组合成一个和原来一样的人？”“正常情况下，人长多高完全由基因决定吗？”“有办法根据一个人的基因知道他未来的长相吗？”“基因传承对个人有意义吗？”……超链接是无底洞，她根本看不完。于是，她关掉手机，问王波：“那动物会自尽而亡吗？”

王波敲键盘的节奏已经变了，“哒，哒哒，哒哒哒”，他回答说：“这类啊，只在故事里听过，比如羚羊生命桥、蚂蚁抱团、大雁殉情之类，多是一种牺牲精神。蜘蛛、螳螂类比较靠谱，不过，它们是将基因传递出去的。还有一种虫子，如果温度过高，就没有性欲。简单来说，就是难受，不想生了。”

牛莉想到自己年初在南极时听到的一个故事：在南极，有一些企鹅，仅仅是有一些，会往南极内陆探索，最后就饿死或冻死了。要是饿死也就算了，企鹅在南极冻死，听上去真不可思议。但企鹅当然可以冻死，鱼也可能淹死，鸟也可能掉下来摔死。不是吗？

怀孕前半年，牛莉一个人去了南极，她当时的想法是：

怕怀孕之后哪里都去不了。其实不管是不是怀孕，她都是要去一次南极的。她看见很多企鹅，散发着臭味挤在一起，一起往东或一起往西，没有发现一只脱离队伍的企鹅。也许自己去的地方是可以到达的南极，或者说是南极允许人类到达的地方，类似旅游景区，里面的企鹅都是旅游景区的工作人员。

牛莉躺在沙发上，沙发离她的电脑只有半米。她的小笔记本如今已经停产，孤零零地放在餐桌上，餐桌就是她的办公桌。王波的办公桌有三个，折成一个几字形。两个人刚住在一起的时候，牛莉为了每天可以和王波面对面坐着，特意买了一个小餐桌，北欧风格，可以折叠，很便宜。她第一天坐在上面办公的时候，王波从电脑后面探出剃得光亮的脑袋说："你就坐这？"

他这样的语气不难理解，并不是说你就坐在这么"寒酸"的地方？而是，你就这么明目张胆地坐我对面？

牛莉什么都没说，她想：你肯定要适应一段时间了。

结婚后，王波打游戏的时间越来越长，因为每天对面坐着一个人，他一段文字都写不出来。王波是一个作家，如果一定要写，就在牛莉睡觉的时候写。牛莉喜欢说："你晚睡晚起，小心猝死。”

这句话没错，简直是真理，一个人早睡早起也会死，吃得太多也会死，吃得太少也会死……因为人都会死去。地球绕着太阳转了一圈就是人间新的一年，人们互相祝福，说“新年快乐”，是因为，最终，每个人都会死，快乐太少，不够分配，所以人们要说“新年快乐”。就像说“节哀顺变”一样，因为哀伤已经满溢，所以只能节制。牛莉想起自己大学中文系的一个同学，后来转到哲学系，如果对她说一句“新年快乐”，她准会说：“新年必须快乐吗？”上学的时候，牛莉觉得这句话也没错，虽然别别扭扭，但是也没错，如今毕业十几年，她想，错了，这句话严重错了，而且很傲慢。她早就忘记了这个同学的名字，她的哲学都学到脚指头缝里去了。

脚指头缝是老金最爱对李杨说的：“比如，你学佛都学到脚指头缝里去了。”

躺在沙发上的牛莉，很难从沙发的角度看见王波，王波几字形办公桌上面的三台电脑，完整地挡住了他的脸。就打一个副本，还需要三台电脑吗？

今天早些时候，牛莉在一个人的朋友圈里看见一句话，说做每件事情的时候，都要把这件事情当成世界上最重要的事情来做，与此同时，也一定要把这件事情当成世界上最不重要的事情来做。

也许是王尔德说的，或者是类似王尔德这样的人说的，反正华而不实。

牛莉的肚皮跳动了一下，又一下，每次平躺下来的时候，胎动就很明显，但也仅仅是她自己能感觉到而已。有几次，她想让王波摸，王波摸了很久，酝酿情绪，但是什么都没有发生。其中有一次因为王波的手太凉，刚摸上去，牛莉就放了一个屁，但是一点儿也不臭。

其实夫妻生活是有诀窍的，比如，牛莉讨厌王波打游戏，就可以说："你老打游戏，但是我喜欢。"这句话的重点是前半句，如果一个人还不太傻，就应该回答："那我就不老打游戏了。"王波也学会了说类似的话，比如"我就喜欢你每天在家，什么都不干"。当他这么说的时候，牛莉多半要找自己的朋友们出去玩一下，首先证明自己也不是什么都不干，其次是告诉王波"你以为我就认识你一个男人吗"。

牛莉躺在沙发上，窗帘拉得很严实，一点阳光也透不进来。牛莉很难相信人们常说的“阳光真是好东西”。

她打开老金的微信朋友圈，已经很久没见老金，很久就是一周的样子，因为他们都无所事事，所以一周没见真的很久，上次见面是十天前，他们在昆明，他们是冬至当天到的昆明。

老金微信朋友圈的第一篇文章让她吃惊，是老金写的他们在昆明的旅游，题目叫“冬日翠湖”，配图是牛莉和王波的后脑勺。仅仅看后脑勺，牛莉就可以认出自己，她甚至感觉这个后脑勺不太好看。因为牛莉对老金说过：“别再发我照片了。”

老金喜欢给周围的朋友拍照，但效果极差，总是会捕捉到别人极丑的一面。

没有美颜，谁还敢发自己的照片呢？但是老金敢。不光发自己的，还发朋友的，也发老婆的，牛莉从没见过一个男士给自己老婆拍那么多难看的照片，还公开展览。牛莉想：可能还是自己境界不高。

她当然不会因为一张照片和老金绝交，但是如果真和老金绝交，她想也是可以的，这个世界上，除了王波，就是父母，还有王波的父母，以及自己未出世的孩子，她不知道自己还真的爱谁？谁都可以爱，也谁都可以不爱，但是这几个人是必须要爱的。她喜欢“必须”这两个字，让她毫无退路。

她打开文章，下面的阅读量几百，文章发在一个叫“能力有限”的微信公众号上，“能力有限”是老金经营的第二个微信公众号，第一个微信公众号叫“能力无限”，因为刊发老中医的一篇文章被永久取缔，在那之后的一段时间，老金见到老中医就说“他是臭流氓”。牛莉没有读过那篇文章。又过了一段时间，老金便不叫老中医“臭流氓”了。老金自我批评，说名字不能太张扬，“无限”肯定不行，这次叫“有限”肯定行。

“能力无限”时期的微信公众号，都是老金的老婆帮忙发的，内容十分粗糙。“能力有限”时期的微信公众号，老金找到了一个叫小吴的人。在老金的嘴里，小吴是他的合伙人，曾经的小吴，有房、有车、有老婆，儿女双全，后来认识了老金，热爱文化，卖车、卖房，一心投身文化事业，如今“能力有限”发的内容已经十分精致了。鼎盛时期一天一篇，阅读量从几十到几千参差不齐，其中多半是老金自己写的，或者说，是他六十年人生积累的结果。有一段时间，他把自己当年的成名作“我真是瘦够了”分批发在上面。牛莉发现，每篇都有人在下面打赏，其中午哥每篇必赏，牛莉一分钱都没花过，如今待业在家，她更是省吃俭用，连新衣服都不买了。另外，老金在那部成名作之后就不可避免地变成了一个胖子，可以说，就算牛莉到了孕期40周，肚子都没有老金的大。老金的肚子很大，四肢却很细，看上去就像一只螳螂。她忽然想起网上那篇文章，螳螂受精之后就会被母螳螂吃掉，这算不算动物的一种自毁基因的方式呢？或者压根儿不是什么自毁基因，只是一种求生本能。可是老金长成这样，到底是一种什么样的求生本能呢？

在昆明的一次饭局上，所有人都醉了，老金在主座最里面，想出来小便绝非易事。然后，他忽然说：“那我就倒立出来吧。”只要他的肚子出来了，身体其他部分也就出来了。

那天他是不是倒立出来的，牛莉忘了，她想是的，因为老金说到做到。但为什么自己没有看见一只倒立的螳螂呢？她想，一定是自己孕期的智商不够。

老金的文章都很短，他相信，短的都是好的，长的就猥琐了。除了里面对自己的一些造谣，她想那篇文章是非常精彩的。老金在文章中说，牛莉总是问王波一些傻头傻脑的问题，比如：七彩云南是哪七种颜色呢？鲜花饼的馅儿都是红色的吗？

牛莉发誓，自己虽然常说一些傻头傻脑的话，但绝对没有说过这句话。但不知道为什么，她又觉得这句话真像自己说的。她打算找一个机会，亲自把这句话说出口。

十天前的云南之行是老金组织的，因为等着牛莉产检完，所以冬至才成行。冬至的前一天，牛莉做了大排畸，可以说就算在出发的前一天，她都不确定自己是不是会去。因为是高龄产妇，她要做两次大排畸（其中一次是复查），还有一次小排畸。躺在床上检查的时候，她的手里一直攥着母亲从西藏带回来的护身符，其实就是一种旅游纪念品，她的嘴里还默念了很多毫无边际的话，比如：只要胎儿是健康的，以后让我做什么都行。

她感觉自己和去寺庙的老年妇女毫无区别。

这下好了，胎儿是健康的，那她以后真的要做什么都行才可以，否则不就是信口开河吗？她忽然想到某一类男人嘴里的甜言蜜语，但她想，这些都是可以理解的。谎言也是语言的一部分，或者说，谎言和誓言很难分清楚。她和王波谈恋爱的时候读过一本书，叫《誓言考古学——语言的圣礼》，是一个意大利人写的，讲的是语言对人们的生活意义和生命形式的构建。研究语言要通过考古学的方法，而最古老的语言就是誓言，是一种元语言，人依附在这种元语言之上，才产生了其他语言。但是，誓言也是语言中最脆弱的一种……牛莉没有继续看下去，她喜欢不求甚解。这个意大利人写过一系列成为“神圣人”的学术著作，《誓言考古学——语言的圣礼》便是其中之一，但牛莉并不知道“神圣人”是怎么回事。这篇文章让她想到了昆明之行。

在北半球，冬至是白天最短的一天，之后，白天就会越来越长，从冬至之后，开始数九，先是一九，三九最冷，九九桃花开，她不知道晚上到了昆明，会不会有饺子吃，她希望没有。

大排畸之后，也许是轻松的心理，她在楼下的便民理发店花10块钱剪了头发，剪得很短。在她和王波两个人一起拖着箱子去新机场的路上，王波看着她的头说：“看上去就像花10块钱剪的。”

因为这个城市出现了罕见的低温，记录称是中华人民共和国成立以来之最，零下25摄氏度。牛莉裹紧大衣，她记得自己念小学时有一年在东北，她站在马路上玩，手都被冻僵了，但是她不知道这种感觉就是冻僵了，后来回到家起疱，她才知道是冻伤。

在去机场的路上，牛莉穿着一件绿色的大衣，她去南极穿的也是这件绿色的大衣，南极很温暖，她看上去就像一只绿色的企鹅，淹没在那些臭烘烘的企鹅之中。大衣的拉链扣不上，她就用手裹住。她和王波两个人只有一个箱子，王波一手拉着箱子，一手拉着她，地上发出“咣当咣当”的声音。牛莉想起一首诗，大意是两个人睡觉也要手拉着手，就像穿过人世间一条汹涌的河流。

诗人是这个世界未被承认的立法者，没错。

她和王波此时此刻是真的手拉着手，但是街上并没有河流，连车流和人流都很少。人和车都去哪儿了呢？她不禁想。二月份，她刚从南极回来的时候，因为城市里疫情蔓延，街上的车和人也很少，几乎就是没有，地上的雪压了很厚的一层，她踩在上面，发出“咯吱咯吱”的声音。

说来也巧，因为上次秋分的饭局太尽兴，老金和钟总博物馆的事情黄了。可谁能想到呢，昆明也有一个钟总，也是午哥的朋友，大意是：北京的博物馆办不成，可以来昆明办。此次行程就是老金带着牛莉、王波、李杨夫妇，还有午哥，一起去昆明玩。就算事情谈不成，还可以玩不是吗？因为李杨的心脏不好，所以老金叫上了李杨的老婆，李杨的老婆姓于，叫于会过，就是很会过的意思。老金的老婆因为回山西奔丧不能一同前往，老金不敢坐飞机，一个人从北京上了动车，李杨陪同。说是陪同，其实是两个人途经长沙的时候要下车去看看马王堆，用李杨的话说："顺便拜访一下长沙的佛友。"老金不信佛，不知道李杨见佛友的时候，老金应该干什么。老金喜欢吃，他甚至一度想把自己的名字改成"老吃"。李杨和老金因为曾经一起做过生意，面和心不和，不知道他们这一路会如何。

"你们湖南最有名的小吃是什么？"牛莉一边走，一边问王波。她走得很慢，他们有的是时间，而且昆明的钟总订了头等舱，牛莉很少有机会坐头等舱。她想，头等舱就不能晚到一会儿吗？

"臭豆腐。"王波说。

"湖南对世界的贡献就是臭豆腐吧！"牛莉说完哈哈大笑，仿佛还应该补充一句，"湖南对世界的贡献就是臭豆腐和你吧，王波。"

王波在十年前考取了巴黎最著名的文学院，用婆婆的话说："那所文学院每年只从世界各地招收五个人。"婆婆说的时候，还伸出自己的五根手指头。刚认识的时候，牛莉很崇拜王波。

如今，两个人认识两年，结婚一年，牛莉最新的理解是：大概世界各地根本没有什么人想考取那所文学院。还有艺术家文凭？那怎么不给诗人文凭呢？简直就是创作者的原罪。牛莉浮想联翩。路边有一个人穿着20世纪80年代的军大衣在卖烤白薯，是在煤油桶上的那种致癌的烤白薯，太香了，牛莉让王波给自己买了一块小的。她揣在大衣右兜里，热乎乎的，她一边走一边摸着。小时候家里烧煤炉，奶奶总是把白薯塞在炉子边上，很快小平房就飘满了香味。也许老金这个时候正在路边吃臭豆腐，牛莉想。一想到臭烘烘的老金，她不免担忧起这次昆明之行。

两个小时之后，牛莉和王波才到达机场。因为是这座城市新建的机场，离市区100公里，如果说已经到了另外一个城市也不过分。很少有人愿意从这座机场出发，所以有很多优惠政策，比如可以吃到8块钱一碗的牛肉面，而不是80块钱一碗的牛肉面。但是谁会为了一碗8块钱的牛肉面去"另外一个城市”坐飞机呢?

于会过早就到了，她是编剧，早年和她丈夫合作过一些脍炙人口的电视剧。可以说是“夫唱妇随”或“妇唱夫随”。见面之后，于会过的第一句话是：“你们俩是不是傻啊？”第二句是：“头等舱有免费接机不用。”王波好像真的很关心免费接机，于是问于会过具体的操作细节，他一定以为自己会经常有坐头等舱的机会。牛莉哈哈大笑，表示自己确实傻。真的，是挺傻的。她想一定要在昆明找到机会问于会过是不是真的叫“会过”。谁能给自己的女儿起这样的名字呢？但是这还不算十分离谱，她想起有一天喝多了之后，老中医掐指一算，说牛莉肚子里的孩子应该叫“牛龙象”，后来又说自己喝多了，改口道：“王龙象。”

不管是“牛龙象”还是“王龙象”，牛莉读了几遍，都觉得很神秘，“王龙象”好一点，“牛龙象”就是三种动物了。那天饭局上，老金自然也在，他说“龙象”就和“能力无限”一样，不好。后来，他又说老中医太肮脏了，如果事物不能用原本的样子呈现，就太肮脏了。老金年轻时拍过一个独立电影，里面有一段大尺度镜头，因为女主角不肯演，当时一个号称“中国独立电影之父”的人给老金建议：“可以穿着游泳衣演，再打马赛克。”老金指着号称“中国独立电影之父”的人的鼻子说：“太肮脏了。”

于是，那也成了老金唯一拍过的一部独立电影，至今尚未播放。

“龙象”那日，李杨也在，他说《涅槃经》《楞严经》《维摩诘经》，还有其他一些经书，总之都提过“龙象”。牛莉想，只要生出来，叫猫狗都行。老金年轻时写诗，那时候他有一个诗友叫“老猫”，还有一个诗友叫“老狗”，当年狭路相逢，互相掏出一本诗集一笑泯恩仇。如今都相忘于江湖。牛莉想到前夫曾经喜欢跟自己说的一句话：“两个人，相濡以沫，不如相忘于江湖。”

一语成谶，如今真的相忘于江湖了，其实也不准确，不是相忘于哪儿，而是老死不相往来。

他们登机之后很快就起飞了。

随着飞机的上升，牛莉越发胡思乱想，平稳之后，她起身去洗手间，听见王波对空姐说：“她是孕妇。”于是，漂亮的空中小姐帮她打开洗手间的门说：“你真瘦啊。”

要是放在平时，这句话多让人高兴。可是怀孕之后不一样了，她担心自己瘦了，瘦了多不正常，一定是胎儿出了问题。

从洗手间出来，牛莉抬头就看见于会过正盯着自己，于会过说："你怎么瘦了啊？"

牛莉挺了挺肚子说："藏起来了。"

于会过问牛莉多少斤，牛莉说从95斤涨到了105斤，她打算再涨10斤，也不能涨得太多，因为她想顺产，还想生二胎，如果胎儿太大，就很难顺产了。她对于会过说："去做B超，胎儿比实际情况还大一周，可能真是藏起来了。"牛莉又说："其实我想肚子更大一点，更大就有人给让座了。"

于会过说："你坐公共汽车吗？"

这个人就是这样，喜欢抬杠，总是唯恐天下不乱，和李杨是天生一对。

她看了看于会过，四肢修长，脸很大，就像女螳螂，从佛教的观点看来，这样的面相很好，脑门中间还有一颗痣，不偏不倚，就在中间。于会过手里拿着一本很厚的书，牛莉从来不好奇别人在看什么书，因为她也不希望别人对自己好奇。

回到座位之后，她听见王波对坐在邻座的于会过说："什么书啊？我看看。"

牛莉用胳膊肘捅王波，因为在她看来，王波和于会过还没有熟到这个地步。捅了几下，王波都没有反应。后来，牛莉用脚使劲儿踩在王波的脚上，他忽然来了脾气，在上万米的高空说：“你狂什么啊？”

牛莉吓了一跳，于会过把书拿过来。牛莉瞥见，很巧，是一本他们共同认识的朋友写的小说，叫《头等舱》，作者是于一爽。最开始认识于一爽，也是因为老金，大概十年前，中间陆续见过，不频繁。牛莉和所有女的都不熟，所以，她和于一爽也不熟。于一爽送过牛莉两本自己写的小说，牛莉连小说的名字都忘了，因为于一爽最出名的是喝酒，可以说是女作家里最能喝酒的，或者说是作家里最能喝酒的，一个这样的人写的小说，谁会真的看呢？无非就是酒后白眼狼，写写大家的酒话，或者把一些酒后行为当成真爱大肆宣扬。

他们所坐的头等舱也很安静，开了地灯，有香味传出来，要开饭了。牛莉隔着王波问于会过：“写得怎么样？”

于会过说：“一般。”

牛莉说：“一般的书，那看完就放在飞机上，当成公共读物多好。”说完自己哈哈大笑，笑过之后又觉得很刻薄。

“女的对女的最不宽容”，牛莉想起老金的这句话。她已经忘记这句话是在什么时间、什么地点被说出来的，大概所有的时间和地点都合适。当然，老金还有后半句话：“男的对女的也不宽容。”

所以就出现了一个问题，到底是男的更不宽容女的，还是女的更不宽容女的呢?

王波还在看书，翻找着书里的一些图片，或者说是一个行将过期的女作家的写真照片。她把书从王波手里拿过来，王波毫无反应，大概早就习惯了生活中牛莉这个样子。空姐过来，问王波要猪肉还是鱼肉，王波说要猪肉，牛莉说要鱼肉，因为她感觉吃猪肉会变傻。

“你不是不能吃海鲜吗？”王波说。

“你一点都不爱我。”牛莉说。

空姐尴尬地站在前面。

牛莉又说：“那我也要猪肉。”

在猪肉被送上来之前，空姐还送了果汁和坚果，王波任何坚果都不吃，任何果汁都不喝。他对食物的兴趣全部来自一日三餐，要是有酒就更好了。牛莉吃了两份坚果和果汁，她翻到《头等舱》的“创作谈”。“创作谈”这三个字就像一片来自南极的残骸，里面写着：《头等舱》这篇小说借用了飞机的头等舱。但写的并不是成功的人，某种程度上，写的是失败者群像。这些人正是因为有很强的智力因素，他们坐在人类智力的头等舱里，但是这种智力因素并不能让他们真正获得快乐。因为太聪明，所以看得远，所以敏感，所以悲观，所以虚无。因为牛莉爱这些人，所以牛莉愿意理解成虚无，或者“装×”也可以。

牛莉哈哈大笑，她打算继续看一下，她想，这不就是老金吗？她打开头灯。猪肉送上来了，牛莉把自己那份也拨进了王波的盘子里，然后问空姐有没有辣椒酱。

她看见于会过也在吃东西，看不清吃的是什么，不知道是不是鱼肉。如果老金看见于会过吃鱼肉，就会说：“鱼吃鱼。”

因为老金近乎一种病态地爱说这类话。比如，他年轻时的两位诗人朋友——“老猫”和“老狗”，他曾经在“我真是瘦够了”里面写道：“老猫”在北四环吃四环素，“老狗”在马神庙自封马神。

老金对这类话扬扬得意，如果他要说一件重要的事而想到了俏皮话，准会说俏皮话而忘记了重要的事。他为此吃了六十年的亏，而且根本不打算改变这一切，因为这样，他就会显得不聪明，或者用于一爽的话说："就会显得不虚无了。"

"可是和他们认识了十年，大概容易把虚无当智慧，其实无聊透顶。"牛莉心想。

王波吃得很开心，尤其是在辣椒酱上来之后，他最喜欢吃一种"双峰辣椒酱"，只有在湖南的双峰县才能买到，飞机上的一定是"老干妈辣椒酱"。牛莉继续看书，于一爽在"创作谈"里坦言：其中的很多人在20世纪90年代叱咤风云，随着新千年的到来，某种程度上，已经被抛弃了。当然，如果不想被抛弃也很容易，但是因为太聪明、自我意识太强，所以把自己放置在了生活的边缘，觉得随时会被甩出去，有很强的宿命感。于是，生活对他们来说，成了一场接一场的饭局，总觉得人生不能是水的人生，铁打的饭局，流水的姑娘，但愿长醉不复醒，对自己感到深深的失望，于是对世界整体瞧不起，偶尔也幻想自己的改变，但是已经没有了改变的能力。当然，对比那些顺势而为的成功者，他们反而呈现出一种天真。

牛莉把书给王波，王波又翻了几下书里的照片，还给于会过，继续低头吃猪肉。牛莉打开飞行路线，他们到达了河南的上方。牛莉想到那个做丹丹红曲酒的老同学，如今已经回到河南老家，京城米贵，居之不易，走之前，他们一起吃了一顿散伙饭，老同学说自己可以做牛莉未来孩子的教父，后来喝多了，又让大家猜“你们知道我的教父是谁吗”，没有人想猜，于是他宣布：“关羽！”也许是他们老家的一种风俗。

两个小时之后，他们就到了昆明。

一行人直接去吃欢迎宴。进门之后先脱鞋，换上餐厅准备的老北京布鞋，之后可以把布鞋带走，牛莉想这家餐厅一定养活了一家老北京布鞋店。老公公换鞋的时候，于会过用双眼瞪了很久他的鞋垫，鞋垫上有花鸟鱼虫，还有“平安是福”四个字。

牛莉想，把“平安是福”常年踩在脚下一定不好。

欢迎宴很高级，在酒店大堂的餐厅，因为酒店很高级，这样的地方通常又高级又不好吃。牛莉进去的时候两眼发黑，房间很大，左边是休息区，右边是就餐区，所有人都在休息区。她先看见老金，还有李杨和其他人，大概还有十几个人，或者几十个人，她都不认识。很快，所有人就涌入了就餐区，有人拍照。牛莉感觉自己样貌不佳，用手挡住脸，还故意挺了挺肚子，表明自己是孕妇，现在的肚子真的很尴尬，不知道的多半会以为只是发胖。餐桌很大，几乎很难看清坐在对面的人，餐桌正中间摆着一大盆日本花道，很占地，又不能吃。凉菜已经摆上，牛莉对服务员说她要一瓶矿泉水，服务员说“好”。

王波坐在牛莉左边，王波左边是一个美女，这个美女有些眼熟，牛莉想起来了，她在老金发的微信朋友圈里见过这个美女的照片，老金昨天就到了。她惊讶地发现：怎么这个美女和照片里一模一样？或者说老金并没有把这个美女拍丑。接下来，她不得不得出一个结论，或者说领悟出一个真理：原来自己就和老金手机里的人一模一样——一模一样的丑。

李杨坐在牛莉右边，于会过挨着李杨。牛莉忽然想起来，于是问：“午哥呢？”

“我以为他和你们一起坐飞机过来。”李杨四处张望一圈说，继而露出那种很招牌的微笑。不知道为什么，虽然信佛，但李杨的一举一动依然给人一种唯恐天下不乱的感觉，和于会过真是天生一对。

热菜上来了，酒也倒满了，转盘速度很慢，每次到牛莉眼前的时候，不管是什么，她都夹一下，她很担心再转过来的时候，就什么都没有了。在这样高级的餐厅吃饭有一点像大学军训，每道菜上来，她都先夹一下，当时年轻，能吃，一下就是一大口。人是有很强的生存意识的，她想到肚子里的胎儿，一定也像自己一样有很强的生存意识。或者说，不管牛莉自己做出什么行为，胎儿都会活。是啊，活去吧。

因为彼此并不认识，好像也没有认识的必要，饭桌上意想不到的安静，牛莉越过很多人的脑袋问老金："午哥呢？"老金已经进入花甲之年，人的指甲底部有一道白痕，60岁的时候就会消失不见，所以60岁叫花甲。牛莉没仔细看过老金的指甲，不知道花甲是不是还在，但听力肯定是不在了。牛莉说了三四遍，声音一次比一次小，因为她感觉有些尴尬，老金自始至终都没有回答。其实也根本没人关心午哥在哪儿，看上去老金已经和钟总很熟了，并不需要午哥了。

老金举起酒杯："感谢钟总热情招待。"牛莉想，他接下来准会说大家吃好喝好这类话。

在这样的场合，不就应该说这样的话吗？想起自己婚礼那天，父亲的致辞也是祝大家吃好喝好。但是在婚礼结束后，父亲又偷偷对自己说：“希望你们共渡难关。”

钟总顺着老金的话，将桌上的几十个人介绍了一遍，这样介绍的效果等于没有介绍，看得出来都是贵公司员工。至此，牛莉才知道钟总开了一家西南地区最大的广告公司。钟总自幼热爱文学，或者说热爱老金这类文人，后来公司做大了，有钱了，有了闲钱，也认识了老金，决定一起干点儿什么，不忍心看自己热爱的文人落魄，于是有了这次昆明之行。当然，最后一句不忍心是牛莉想到的，也许是牛莉自己不忍心看老金这么落魄。

“你们去长沙吃臭豆腐了吗？”牛莉夹了一块云南豆腐忽然想到，于是问李杨。牛莉要的矿泉水还没有上来，她又催了一下服务员，服务员说“好”。

李杨想了想说忘了，牛莉又问：“那信佛的人能吃臭的吗？”

李杨懒得回答这类问题。也可能是于会过在身边，他不便多说的缘故。

不到半小时，也可能是一小时，眼前的花道让牛莉失去了时间感，她感觉屋子变热了，桌面上也人声鼎沸起来。她听见王波举起酒杯喊老金，喊了八九声，其实也没有重要的事，就是说："我们两个喝一杯。"

老金说："喝三杯。我是喝一杯的人吗？"

后来他又忽然一杯都不喝了，对牛莉说："你老公真傻。"

于会过越过李杨，对牛莉说："到了外地，还和自己人灌酒就是傻。"这已经是一天之内于会过第二次说他们夫妻傻了。

王波自己喝了三杯。

"你老公就是牛。"老金又说，接着把自己的三杯小茅台倒进大杯一饮而尽。

牛莉想，应该是茅台吧。不喝茅台喝什么呢？她想起一个朋友让自己介绍对象给他，问其条件，对方说："白富美。"后来又补充说："不找白富美找什么呢？"是啊，同样的道理。

与此同时，还有不少人离开了自己的座位，一杯一杯地敬酒，牛莉看到坐在王波旁边的美女也来和自己敬酒，牛莉没有酒，连水都没有，她举起空空的杯子"一饮而尽"。

忽然，她听见老金对着桌子大喊，或者说对着中间的花道大喊："怎么没有甲鱼？我要给牛莉上六只甲鱼，因为她身怀六甲。"

但是，老金很快又被旁边的钟总按下去。大概全桌除了牛莉自己，并没有其他人知道谁叫牛莉。

谢天谢地，就在这个时候，牛莉的矿泉水终于来了，这比甲鱼还要珍贵。只是一瓶很普通的矿泉水，有些凉，她不敢再让服务员去换。她拧开瓶盖，喝了半瓶水。

身怀六甲就要吃甲鱼？这让牛莉想起上个月，老金出了一本书，叫《花甲之年吃花甲》，光听书名就知道是老金写的，和"我真是瘦够了"异曲同工。可以说，这是他送给自己花甲之年的礼物。新书发布会的饭局上，他就点了一盆清蒸花甲。说是新书发布会的饭局，整个发布会的环节只有一分钟，接下来就是吃花甲、喝酒，一边吃花甲，一边喝酒，最后都醉了，吐出很多花甲和酒。但是必须强调，这本书和花甲没有一点儿关系，里面写的全是李清照，是李清照的民间研究者——老金——所写。老金兴趣广泛，60岁之后开始研究李清照，这不正是《头等舱》里面写的那群人吗？因为太聪明，总是抓不到重点，最终一事无成。牛莉想，成功人士肯定都有重点，钟总就一定有重点。老金的《花甲之年吃花甲》的腰封上写着：都说人生得意须尽欢，其实是，人生不得意须尽欢。

这八个字是他对李清照全部研究的结果，甚至可以说是对他自己人生的研究成果。牛莉想到那天的新书发布会，老金还在扉页上写道："这本书是写给你的，你就是我心中的李清照。"接下来，他又画了一张图。老金喜欢在给别人的赠书上画图，多有戏谑成分，因为画得多了，手法成熟，一般人也难以模仿其画风。但是，那句"这本书是写给你的，你就是我心中的李清照"让牛莉觉得俗，简直是太俗了，还不如给自己写一句"吃好喝好"。

《花甲之年吃花甲》不仅写李清照，还写李清照生活的宋朝。老金得出的结论是：宋朝的雅，雅得让人绝望。这样的句子可以放在很多方面，比如老金的幽默，幽默得让人绝望。牛莉不知道他自己是否也有这种绝望的感觉。

这个时候她听见钟总说："好，明天就准备六只甲鱼。"

茅台喝完了，开始上啤酒，服务员上了一种缅甸啤酒。啤酒瓶上一些像虫子一样的缅甸文字，让牛莉感觉不适，她想这已经不是孕吐了，就是不适，还是中国的方块字大方。

方块字大方，很像老金得出的结论，十分押韵。

李杨拿着酒瓶看了半天，说没什么度数。刚放下，钟总带着酒杯过来，李杨倒了一点牛莉的矿泉水，牛莉的矿泉水更少了。钟总拍着李杨的肩膀说："我就是看你拍的电影长大的。除此之外，我还特别迷恋你们当时一起做电影的那个康石，你们还有联系吗？"

"他呀……"李杨放下杯子，同时也把钟总的手从自己肩膀上滑下来，说，"他在美国，已经疯了。每天研究数学，张口闭口就是没有逻辑不能融入当地社会。"

钟总的心放了下来，说："我还以为他真疯了。"

"是，真疯了。"李杨又强调了一遍。

王波已经喝上了缅甸啤酒，牛莉拿起来闻了闻。放在当年，她肯定想不到，自己有一天和酒的关系就是拿起来闻一闻，这桌上一瓶又一瓶的酒不是和自己叫板吗？牛莉喝了一口酒，她听过一种理论，如果孕妇天天喝酒，胚胎或者说胎儿就会认为环境是由酒精构成的，不仅可以适应，以后没有了，还适应不了呢。有一个科学组织说人的身体内天然缺少千分之五或百分之五的酒精，到底是千分之五还是百分之五？她忘记了。可她感觉，老金们缺的大概是十分之五，不然干吗这么努力喝酒呢？

王波已经喝多了，牛莉听见他嘴里一个劲儿地往外冒出一些“都没意义”之类的字眼，她厌恶透了，这一切借着酒劲的虚无主义、存在主义早就过时了。王波身边的美女一个劲儿地点头。牛莉想到一件事，就是“你们俩都没意义”。如果牛莉此时此刻不在这里，也许他们会产生新的意义。牛莉和王波的意义不就是这么产生的吗？李杨管王波叫“老婆迷”，因为除了“无意义”，王波喝多之后最爱说的话就是“牛莉太好看了”，这尤其让牛莉尴尬。李杨这么说还不是唯恐天下不乱？

老金挪着自己的肚子过来，把王波身边的美女挤在一边，对王波说：“明天要在两只甲鱼的后背上分别刻上你们二位的名字，然后放生翠湖。”

饭桌上又上了一些烧烤，其实果盘都上完了，大概下酒菜不够，又从外面买了烤脑花，牛莉不敢吃，于会过说这是豆腐，然后瞪着双眼看牛莉吃不吃。于会过说话总是喜欢瞪着双眼，但转眼又发出一阵怪笑，消解了前者的威力。有人说于会过长得像菩萨，也有人说长得像威尼斯商人，大概介于这两者之间。

听了老金的放生事宜，牛莉感觉自己的后背一紧，或者说龟壳一紧。

老金说着哈哈大笑，忽然又表现出一种大度，说："那就不刻王波的名字啦！"老金哈哈大笑的时候露出两颗门牙，很像大难临头的老鼠。今年是老金的本命年，也是牛莉和王波的本命年，看上去就像一窝生的。

老金又蹭到李杨身边。

牛莉想起老金有一次偷偷和自己说，李杨超级反对建博物馆，其实也不是反对建博物馆，是反对老金总拉着他到处跑。后来，老金话锋一转，说："朋友被朋友拉着到处跑怎么了？"再后来又说："多亏我力挽狂澜，否则这次昆明之行，他也就来不了了。"

于会过把位置让给老金，准确地说，不是让，是躲，她也烦老金，烦得理所当然。是啊，老金身边朋友的老婆，没有哪个不烦他的。于会过站在牛莉身后，忽然说："你知道吗？我昨天把自己用了一半的口红放在网上卖了。"

牛莉把矿泉水瓶里仅剩的一点水喝掉，一边喝一边品味于会过的名字，她是真的很会过啊。于是，她把脑袋扭过去说："李杨就应该娶你。"

正和老金说话的李杨又露出那样的笑，很难让人知道他到底有没有在听老金说什么。牛莉又对于会过说：“你家里人肯定都喜欢李杨吧？”

于会过想都没想地说：“我妈看他照片半个小时，找不出优点，后来说‘这人有酒窝’。”

主食上来了，是米线。有一年在天津，牛莉问一个天津的朋友：“你们每天都吃包子吗？”他说他们也吃米饭和炒菜。可是到了昆明，牛莉想他们真的是每天都吃米线。各种各样的米线，但并不能逃脱米线的本质。牛莉想起有一年在云南蒙自参加一个文学活动，欢迎晚宴上吃的是著名的过桥米线，就是给每个人面前上了一座小桥，铺了各种各样的肉片在桥上，桥下还有一些绿色蔬菜。

于会过重新坐回去的时候，牛莉才意识到，好像已经一两个小时没有感觉到胎动了。她用手摸着王波的肚子，好像胎动发生在别人的肚子里一样，只要摸着王波，她就安心。

牛莉一个人去沙发区坐了一会儿，也许是太吵了，所以她听不见胎动，坐下之后，她发现这边有成百上千瓶没有打开的矿泉水，她一口气喝了一瓶。看着对面的场景，很像

《聊斋志异》中的一个情节。人和狐狸就是自然在一起的，男的知道女的是狐狸，依然问："我能和你谈恋爱吗？"狐狸说："我是狐狸。"男的说："我知道。"于是他们就好了，后来狐狸现出原形，向男的求饶。还有聊斋里面的女鬼，爱上一个男人，却被那个男人害死了，但即使变成了鬼，女鬼也不忍心去伤害她爱的男人，等等。

更晚一些的时候，"话剧李"过来了。

"话剧李"说他正好在昆明拍剧照，牛莉认识"话剧李"十多年了，大概十五年，却只知道他叫"话剧李"，也从没打算问他的真名。因为他拍剧照在话剧圈很有名，可以说，总有免费话剧可以看。牛莉和"话剧李"的见面次数是一年一次，通常是在冬至那一天，"话剧李"会请大家吃饺子，连饺子馆都是固定的，"话剧李"说这是一家外国人最喜欢的饺子馆，还有香蕉馅、巧克力馅的饺子。除此之外的大多数时间，"话剧李"都在天上飞来飞去，很难想象这样一个人，还拿着一份国家公务员的低保。"话剧李"看见牛莉就说："牛莉，你他×的。"

牛莉不知道这是什么意思。

"话剧李"说："去年冬至我请客，你烦老金喝多了骂人，就走了，不给我面子。”

牛莉看了看表，大概快十点了，说：“老金又喝多了要骂人了。”

老金虽然轻微耳聋，但如果谁说他坏话，他准能听见，因为他不是用耳朵去听。老金隔着很远跟“话剧李”说：“我以后要和牛莉学习‘翻脸不认人’！”

王波忽然在旁边脱了自己的上衣，一定要和钟总的司机交换衣服。牛莉用手掐了一下王波的大腿，他的一只胳臂已经从袖管里伸了出来，司机滴酒不沾，很容易就分辨出自己的衣服要比王波的值钱一些。于是，他一个劲儿地和王波说：“喝酒！”

除了虚无主义和夸牛莉漂亮，王波喝多了，最喜欢和别人交换衣服，他永远不知道自己换出去什么、换回来什么。牛莉每次都把别人的衣服当成自己的衣服洗，用香喷喷的洗衣液洗，再晾晒干净，多半不会还回去。“话剧李”看上去至少两天没吃饭了，和牛莉打过招呼之后，其他人都醉了，他就低头吃，还拿起一个鲜花饼，问坐在旁边的李杨：“你还信佛呢？”

李杨又那样笑，说：“我在关键时刻也是一个普通人。”

就是因为这句话，牛莉想，他的佛根本没有学到脚指头缝里去。

“话剧李”又拿了一个鲜花饼，对牛莉说：“你怀孕以后，看起来比上次胖了。”

李杨在旁边说：“废话。”

“话剧李”又问：“名字还没起吧？”

牛莉说：“那你帮着起一个。”

“话剧李”说：“起名要折寿，除非你给我钱。”接着又问，“那你的名字是谁起的？”

牛莉说：“不知道。我就知道不管是男是女，都叫牛莉。好像我只要是个人，就一定要叫牛莉。”

如果一个人没有名字，是不是等于没有来到世间，孙悟空喊出“金角大王”“银角大王”的时候，他们的能力瞬间就消失了。牛莉不想太早思考这个问题，如果开始思考，就会一直思考，然后成为她生活中的一个障碍。

“到时看看生辰八字。”“话剧李”说。

“我在网上看到过那些根据生辰八字起的名字，听起来都像穿越剧里的丫鬟。”

“话剧李”拿起第三个鲜花饼，牛莉问他：“好吃吗？”

“你喜欢孩子？”“话剧李”说。

“孩子多无害呀！”牛莉说，“我年轻的时候，大概二十几岁，我爸就和我说，有了孩子就要，反正也不是养不起。”

“你爸能这么说，证明多绝望。”李杨说。

王波在旁边听见了，说：“那我就算再有八九个，也养得起。”

反正现在国家也鼓励生育。牛莉想，怀孕真好，因为怀孕，有了很多限定。如果没有限定，她感觉自己整个人都四处漏风。

“话剧李”又问李杨最近在干吗，李杨说在搞一些宗教诗歌的翻译，什么是宗教诗歌？他又语焉不详，说早年做的电视剧和电影都太拿不出手了，没劲儿。

“话剧李”说：“老金跟我商量，‘能力有限’四周年的时候，要我做图片展。我觉得还是你生孩子算大事。”

老金创办的“能力有限”每逢年底都要热闹一下。第一年是给一个郊区女作家自费出书，定价1000元，限量发售。牛莉读过那本书，感觉比大部分眼下流行的文学作品都要好，讲的是一个女人看见一个男人受苦，比如被车撞、残疾、妻离子散、一事无成等，就不可避免地产生迷恋，用那个女作家的话说："就不可避免地动心了。"这大概也是作家的真实经历，有点像发达国家流行的"慕残癖"。于是她将这一切写成一本书，目的就是自我解剖，也想看看有没有同类。最开始是在郊区作家圈内小范围流传，不过很快，就找到了"能力有限"这类根据地。第二年是一个艺术展，说是艺术展，其实是老金自己收藏的小动物雕塑展，正是他准备和钟总开博物馆的那批小动物雕塑，用老金的话说："大东西谁都会关注，没有意义，只有这些小东西，才更值得关注，才更有意义。"翻译过来就是，便宜东西也有便宜东西的必要性，都是对文物和历史的补充。虽然打算开博物馆，但这些小动物雕塑也在公众号出售，1000元起竞拍。结果如何，牛莉不详。去年是第三年，也有文学色彩了，还更有艺术味儿了。他们将活动搞成了一个登山大会，组织众人去郊区登山，郊区正是那位女作家联系的，离城市并不远。女作家说："除了写书，我还喜欢登山。"她还为此出版了一本《北京市千米以上山峰手册》，是正规出版物，据说很快就会在城市旅游景点热销起来。

可惜那次登山之行，老金没有参加，因为他不能过隧道，如果要过隧道，就要解扣子缓解幽闭恐惧症。如果牛莉坐在他的身边，他多半还要拉住牛莉的手，牛莉的手很有劲儿，会让老金感觉更恐怖。

牛莉问过老金是哪一年患病的，他说不知道，好像是某一天的某一个时刻，意识到了这件事，于是这件事就存在了。他意识到了隧道的恐惧，于是对隧道的恐惧就真实存在了。村上春树的《刺杀骑士团长》里的主人公就是因为无法进隧道，所以无法抓到坏人，或者说抓到坏人并不难，但是进到一个象征童年的隧道，再完好无损地出来非常难。但牛莉觉得老金的具体情况，可能更像希区柯克的《迷魂记》。

牛莉不怕隧道，甚至疯狂热爱隧道，喜欢洞口的一点点微光。

忽然，就在这个时候发生了一件奇怪的事，老金坐在很远的地方说："就叫王虚度吧。"声音很大。

"那比看生辰八字还没劲儿。"牛莉说。

"怎么就没劲儿了？"老金说。

"做作。"牛莉说。

"你就起一个普通名字，以后犯罪都查不出来。"李杨说。

“就像你这么普通的名字。”牛莉想，但是她没有把这句话说出口。她说：“你学佛还是学得不够。”

她看见于会过瞪了自己一眼，说：“他虽然是佛教徒，但首先是我老公。”

老金忽然对王波身边的美女说：“你看牛莉，一年之内离婚、结婚、怀孕。”

美女对牛莉投来微笑。

牛莉尴尬地说：“离婚、结婚、怀孕或者再离婚、再结婚、再怀孕都是自我改造。”她也不知道怎么从自己嘴里冒出“自我改造”这个词。

“我错过了结婚，也就错过了离婚、再婚和怀孕。”美女忽然说。

牛莉想，错过的一定是坏的吗，没错过的一定是好的吗？但是这么一想，就和“王虚度”这个名字一样，太做作了。何况早晚有一天，结婚和怀孕可以一点关系也没有。

“话剧李”又吃上鲜花饼了。

牛莉旋转转盘，盘子很沉，她想把对面的鲜花饼也转过来。看上去，对面的鲜花饼离自己有一二米远。嘴里塞满鲜花饼的“话剧李”问牛莉无聊不无聊，牛莉想，现在吗？现在是挺无聊的。她看了看手表，也到了应该无聊的时间了。于是，她说：“都快12点了，是挺无聊的。”

“话剧李”问：“你怀孕以后，无聊不无聊？”

牛莉想：我真是不好意思承认，我竟然挺喜欢这种生活的。每天做饭，每周打扫卫生，半个月做一次产检，一个月洗一次床上用品。她想，自己是一个机器人，就是很喜欢这种机器人的生活。她已经孕期过半，睡觉要向左躺，于是，她觉得自己更像一个机器人了，每天向左躺的机器人，好像一旦向右躺，就会压坏身体里的智能零件。她真不知道自己身体里有什么智能零件，如果有一个智能零件，怎么会允许自己一直向左躺呢？这样想着，她不禁把屁股往左边挪了挪，离王波更近了。她想，这个机械性是一种病。电视上报道过一个女孩，如果买了一样东西就要扔掉一样东西，但电视上可没说这是一种病。牛莉知道，自己和他们一样，都是被装在套子里的人。她忽然很想问问王波，如果有一天自己疯了，他还会不会爱自己。但她并不知道是哪一种疯，两个人一起看过一个纪录片，叫《囚》，专门讲疯子的，纪录片的主人公一开始并不相信自己疯了，因为他不相信，于是证明他真的疯了。牛莉这样想的时候，忽然发现王波已经不在自己左边了。她向四周看了看，都没有发现他。她甚至在桌子底下找了找，掀开桌布，她忽然发现自己今天穿的袜子不是同一双。也许是卖袜子的人规定袜子必须穿两只一样的，时间长了，就成了真理。

后来，老金提议大家猜一下牛莉肚子里是男宝宝还是女宝宝。老金的助手小吴，从来不记大账，只记小账，比如谁赌男、谁赌女，谁欠谁100块钱这类事。可是此刻小吴不在，这个提议不欢而散。

“话剧李”又拿了一个鲜花饼，问牛莉和老公过得还行吗？牛莉想说还行，于是说：“还行吧。”

“你就应该和他结婚。”李杨在旁边说。

“为什么？”牛莉问。

李杨想了想说：“适合。”

“真苍白。”牛莉说。

“那你自己说一个词。”李杨说。

“为什么不结婚呢，对吧？”牛莉说的时候看着“话剧李”，“话剧李”还没有结婚，大概也很难结婚。牛莉对“话剧李”说：“你的生活中错过了这一件事，其他所有事就都成了对这一件事的解释。”牛莉很坚信自己这一套观点，人的一生中，大概只有一件事，其他所有事都围绕着这一件事。她想起自己小学二年级时在班主任家里补课，后来去洗手间大便，在里面坐了很久，班主任的老公一直在外面敲门，情急之下，牛莉拿起洗漱台上的剪刀，把窗帘剪了一个大洞，就这么从洞里逃出去了。她也不知道自己为什么不能大大方方地去开门，后来这件事情没有人提，牛莉希望有人提，这样自己会寻找出一个线索，但是这件事情就那样消失在了她的小学二年级。

李杨还是那样微笑，牛莉问他“笑谁呢”，他笑着说：“我就送给他们两个字——傻×。”牛莉不知道李杨说的“他们”是谁，还没来得及问，李杨就起身去洗手间了。

这里要说一句，老金从不上洗手间，生怕回来之后发生“政变”。

王波不知道什么时候又坐了回来，裤子拉链打开了，牛莉知道他喝多了，如果喝多了，他就会忘记拉拉链，而绝不是因为其他原因。正像前文所说，婚后的王波越来越胖，但是看上去心情很好，如果他说自己是不是又胖了，多半并非嫌弃自己是不是又胖了。牛莉想，李杨说的一句话是对的：

没有形体，就没有忧患。如果不是佛里佛气的时候，李杨的很多话都十分深刻。

当然，李杨说的形体并不是这个意思，但她觉得此时此刻就是这个意思。

才走回来，钟总就拿着酒杯过来和王波说："我就喜欢作家。"他说，最近在看《山海经》，不知道作家对《山海经》有什么研究，又说，自己倒是有些研究，世界是由几种图形构成的，见笑见笑，云云。王波说："高见，高见。"钟总转过身，又问牛莉如果写一首关于《山海经》的交响乐如何？可惜不知道价钱。牛莉想了想说："两万也有，两千万也有，有的人写惯了两万的，给他两千万就不会写了，反过来的也有。"牛莉想，自己当然是前者。

牛莉又听见老金很大声地说起酒话来："我就没有出口。以后我死了，老婆送给李杨，房产和作品都送给牛莉。"牛莉也隔着很多人，大声对他说："那不就是两个出口吗？"

老金说："两个出口就等于没出口，一个两个都不算，你们年轻人想找的出口是各种出口，条条大路通罗马。"其实，如果有那么多条路，人们就不会去罗马了。

“干吗把老婆送给李杨？”王波问。

“因为李杨学佛，虽然学到脚指头缝里去了。”老金说。

“房产我要，你的作品我肯定不要，一把火烧了。”牛莉说。

老金忽然喝了三杯酒，说：“好！一把火烧了。”

牛莉不知道老金为什么要安排自己的后事，李杨从洗手间回来了，都不知道老金给自己又安排了一个老婆。

牛莉听见手机响，发现婆婆给自己发了信息，说外婆（婆婆的母亲）问了观音菩萨，你会生一个男孩，还会再生一个男孩。牛莉回复“哈哈”，又回复“生男生女一个样”。她不知道自己嘴里怎么冒出这么一句话，这不是改革开放后农村贴在墙上的标语吗？通常这样的墙上还会贴一些关于养猪致富的口号。牛莉心里不舒服，万一生了女孩，不就是证明观音菩萨不灵吗？她想，应该问问李杨，观音菩萨管这么多，那么厉害吗？但也只是这么想想，她知道李杨多半会说：“你不能从现在的逻辑出发。‘见地’，就是‘见空’，也就没有‘厉害’的概念了。”她感觉自己好像忽然掌握了李杨的语言方式，但并不代表着李杨就不伟大了。只是她感觉掌握这种语言方式，就像掌握一种企业文化一样，完全豁出去，但她事到如今都豁不出去，很难相信什么。业力越大，越容易相信，就像有些抗抑郁药一样，只对重症有效，对轻症无效。

婆婆和自己说这句话，是不是因为更喜欢男孩呢？于是，她捅了捅王波，给他看信息，又说："你们家不会断子绝孙了。"

而让牛莉心里不舒服的是，她还想生一个女孩，但是不是一定要先生两个男孩，才能再生一个女孩呢？就像一些人的婚姻是他生活中的第七张大饼，那他至少要先吃六张大饼，才能结婚。王波哈哈大笑："观音菩萨一次只能预测一个，第二个不准。"牛莉没有继续问下去，她觉得自己如果再贪心，就会有报应。

她看见握住钟总双手的老金语无伦次，先说"能力有限"公司只做小众文化，后来又说要是上市，就做大众文化，明年就让钟总接班，钟总要先还钱，云云。老金多半已经忘记此行的目的是开博物馆了，或者不是忘记，是因为还没有上市，要小众、低调。老金又喝了三杯酒，说："从此时此刻开始，所有的人都要三杯起。谁喝一杯，谁就马上滚。"又说文化就是要有钱，给他买单的有钱人太多了，不止钟总一位，这也是考验有钱人的机会。过了一会儿，他抬头看着窗外说："我们眼前的星星，实际上已经消失了。你们有钱人不是流行给星星命名吗？没劲儿，太没劲儿了。每个人都是星星，不要命名。这么多年，这么多星星……不是星星，是星辰。"

牛莉如果说还迷恋老金什么，大概就是他这种语无伦次。也不是迷恋，仅仅是有一丝感慨。但是并不太多，因为这一丝感慨多半会在接下来的几分钟因为老金的一句破口大骂而消失。此时此刻正是如此，她听见老金嘴里忽然冒出一句"有钱人都是××"。

旋即，老金又让钟总赞助牛莉奶粉，说一定要赞助到牛莉的孩子成年时。可牛莉怎么敢要一个××送的奶粉呢？

看着语无伦次的老金，牛莉想起老金年轻时写过的一个故事，讲的是什么是真正的创作。一位男士坐电梯，电梯里只有他和一位女士，忽然电梯停了，男士拍打了一阵，电梯没有反应，决定安静地等待救援。他打开手机手电筒，发现角落里的女士很漂亮。他想和女士说话，就问她住在几楼，女士说刚搬过来，然后就无话可说了。又过了一阵，男士发现女士在涂口红，一遍一遍地涂，男士不知道为什么，忽然意识到她不是人，是鬼，于是拼命拍打电梯门，可是没有动静，便停下来蜷缩在角落里，女鬼也没有伤害他的意思。不久，电梯重新启动了，男士本欲夺门而出，又回头看了一眼，发现女鬼已经不见了，男士还感到一丝可惜，但是自己也不知道在可惜什么。老金在那篇故事的结尾说：创作大概也就是这么回事。或者说，这是他对小说的理解，诗歌就是另外一件事了。因为在这个城市的文化生活中有一种普遍的理解，诗歌比小说高级，小说就是用钥匙打开一把锁，诗歌就是钥匙刚碰到锁，门，就开了。

她想不通，写出这个故事的老金和眼前要喝三杯的老金是同一个人，但为什么不能是同一个人呢?

钟总或许受不了老金的污言秽语，走开了，又移步到王波身边。王波问钟总是不是快50岁了，钟总说："要是在云南这么说话，你肯定活不到现在。"后来，他又说自己钱越多越不能娶老婆。

很快老金也移步过来了，牵线的午哥一直没在，老金大声说"午哥靠不住"。牛莉的脸上因为怀孕起了一些痘痘，老金仔细看着，说是尖锐湿疣。牛莉说，要是有这个病也挺好，她也想知道是谁传染给她的。但她并不生气，因为她知道老金就是要这么说话。很快，老金就忘记了尖锐湿疣，说牛莉就是很厉害，因为现在这个时代就是女的厉害、男的不厉害。但是，老金又补充说，喝酒厉害的都是男的。

“怎么才算喝酒厉害的？”牛莉问。

“就是喝酒喝死的。”老金说。

“比如谁？”牛莉问。

“那，太多了，比如李白！”老金说。

她感觉老金一生都要被自己的嘴害惨了。从本质上来说，这是一种病，一定是老金的大脑发生了什么变化。牛莉想老金也许应该去医院，但他一定不会去。因为老金说过：死也不做CT，那和进火化炉差不多。

牛莉想：那还是比进火化炉要恐怖一些，火化炉只有一种结果而已。

牛莉看着四周，餐厅的墙是蓝色的，给人一种很安定的感觉，但这只会显得里面的人更不安定。科学研究，当精神病人的画都呈现蓝色的时候，证明他们很稳定，而红色代表不稳定，比如梵高，蓝色时期的作品都证明他还没有疯得太彻底。

钟总旁边的司机一直在和王波说“开心就好”。

一直喝到凌晨。走出餐厅的时候，“话剧李”要打包一盒炒米线，因为饭桌上已经没有鲜花饼让他打包了。可是，等服务员把炒米线拿出来的时候，“话剧李”已经醉倒在小汽车里。于是，牛莉在炒米线里放了两勺辣椒，给老公王波拿了回来。回去的路上，有三三两两的人，牛莉一直踢着一个空的啤酒瓶，发出清脆的声音，有时候，酒瓶被踢出去很远，王波就会跑过去，又往回踢一脚，牛莉忽然感觉一阵愤怒，王波哈哈大笑。牛莉看见酒店旁边的单车，顺势踢倒了一排。王波看着天上的月亮，牛莉发现今天是血月，月若变色，将有灾殃，她用双手捂住自己的肚子，肚子越来越沉，有重心往下走的感觉，“千万别掉下来啊！”她想。王波一个劲儿地对着空中说“没意义”，牛莉说：“不是没意义，是没意思。”没有酒瓶作为路线之后，王波一直往树坑里走，牛莉很愤怒，不想去拉他，看着王波栽倒在树坑里。王波用手撑着地面站起来两三次，后来干脆躺在树坑里不动了。月亮就在天上，因为浓厚的大气层把紫色、蓝色、绿色、黄色的光都吸掉了，只剩下红色的光可以穿透进来，所以月亮是红色的，但是这些科学知识对牛莉眼下的处境有什么帮助呢？毫无帮助。连王波一起算上，都毫无帮助。任由他躺了两分钟之后，牛莉想地上太冷了，就过去拽王波，但是不敢用力，她怕自己一起被拽下去。王波在树坑里躺得横平竖直，她忽然也想躺下去，于是把大衣裹紧，就这样卧在了王波身边。她想起自己刚刚去世的奶奶，不知道会不会转世成她肚子里面的孩子。有时候就是这样，多一个人，就要少一个人，但她不知道转世是什么概念，是不是有的人转得快，有的人转得慢？那什么人快，什么人慢呢？比如，老金是快还是慢呢？是否取决于酒量呢？她漫无边际地想：生命，就是可能存在，也可能不存在。她喜欢中国人对生日阴历的说法，从一团气开始，一个人就已经存在了，也许肚子里的内容还不完整，但这就是一个人，不是吗？记得她和王波刚谈恋爱的时候，每次见面都会喝酒，好像喝酒是恋爱的刚需，有一次喝多了，两个人在车库的出口躺着，就像并排躺在一张大床上，直到凌晨醒来，牛莉摸着自己的四肢想，怎么没有车轧过去呢？躺在树坑里，看着天上的月亮，她想到一个道理，并且觉得很有必要和李杨说一下，一个人是不是只有放弃自己相信的，才能变成自己？王波醒了，还在树坑里说着“没意义”这类的话，牛莉冲着他的脸使劲儿打了一巴掌，真痛快啊，她又忍不住打了王波另外半边脸，王波哈哈大笑。

那晚还发生了一件事，牛莉和老公走在前面，老金起初跟在他们后面，可是跟着跟着就不见了。牛莉回到酒店，看见老金发的信息，说自己在停车场，要大家去找他。到了停车场，大家都找不到老金，于是在四周找了一圈，最后在大堂看见他正闲庭信步。牛莉知道，这一切都是故意的。之后，他们很多人还要去老金房间继续喝酒，但是因为房间里有一个游泳池，牛莉很怕老公喝多了掉下去，于是把他拉回房间。酒店是双层，老公在一层，牛莉在二层，牛莉回到二层，关了好一阵灯。她不喜欢酒店的灯，关了左边的，右边的灯又亮了，关了上面的，下面的灯又亮了。

弄完这些，她一点都不困，于是打开了电视。牛莉很喜欢看电视，比如，吃饭的时候一定要开着新闻联播。王波说看电视的女人很性感，这让她更加无所顾忌。酒店的电视很大，这让牛莉有一种自己也是电视中某个人物的感觉。今天是购物之夜，她看见每个电视台都在卖东西，其中有个主播卖东西卖得很好，据说，这个主播已经在上海市中心买了一套1000平方米的大别墅。可以说，他只靠一句话就让自己买上了大别墅："买，买就对了！"他此时此刻正在卖一本书，他说：文学经典就是要很多人、很多人、很多人读的，重要的事情说三遍。牛莉不知道是不是重要的事情说三遍，但她相信，如果是假的，不管是三遍还是三十遍，都是假的，假的不会变成真的。她感觉肚脐的位置一直在跳动，就像心跳，但是理论上，她并不能听见肚子里胎儿的心跳，持续了两三分钟之久，也许是打嗝，她想，因为她刚刚喝了一大袋牛奶，或者胎儿在吞咽，诸如此类。医生说，这是胎儿在锻炼自己的肺。她想起和王波谈恋爱的时候，有一天，两个人都喝了酒，王波疯狂打嗝，大概也有两三分钟之久。牛莉很没有耐心地对他说："你怎么不去死啊？"王波的酒正在体内挥发，他说："是啊，我怎么不去死啊？"

但是此时此刻，她不能对肚子里的胎儿说这句话，正像不该对王波说那句话一样，她把左手轻轻搭在肚子上，非常愚蠢地说道："你打嗝，是不是觉得这个主播应该去死啊？"

她想起自己小时候，有很多治疗打嗝的方法，比如吹气法，用一个纸袋罩住口鼻，在纸袋内反复呼吸。她想，孩子出生之后，一定要多告诉孩子这类知识，就像小时候父亲告诉自己，别让其他人走在自己身后。现在父亲很少再和自己说这种话，上次见面，他忽然说了一句“我已经失去斗志了”。

之后，牛莉又毫无意义地换着上百个电视频道，每个频道都没有停留，或者最多停留几分钟，她喜欢这种眼花缭乱、很空虚的感觉，后来忽然在一个地方旅游频道看到了那个郊区女作家，女作家看上去比之前胖了一些，也没有郊区的感觉了。可见她并没有经常登山，但是眼睛很漂亮，这也是牛莉第一次见她时的印象，虽然她们只见过一面。牛莉喜欢观察别人的眼睛，就像观察自己的主治大夫一样，她躺在产检床上，裤子被扒到脚踝，等着宫颈切片的时候，忽然对主治大夫说：“你的眼睛会说话。”

主治大夫当时对她说：“别说话。”

电视里的女作家侃侃而谈，说自己遍访北京市海拔千米以上的山峰，跨度数十年。于是牛莉禁不住想，她的实际年龄是多大。她说自己被这些山峰的地理、位置、植被、文化、景观、用时、里程、地点、方位、场景、人物、对话吸引，不一而足。大概看了十分钟，她无聊极了，打开王波的微信朋友圈，果然，喝多了以后，他写了一首诗。

她想，所有写诗的人都是因为相信语言，从这个角度讲，王波是非常值得爱的。她想下楼看看王波，可她实在懒得动。她伏在楼梯上，听见呼噜声。王波有时候喜欢让牛莉模仿自己的呼噜声，牛莉至少要模仿出三种形式——长的、短的和长短相间的呼噜声，他才满意。

牛莉一夜没睡，但是如今她已经没有失眠这个概念了。

上午八九点钟的时候，老金给牛莉发信息说昨天做了一个梦。梦里，牛莉去老金家上洗手间，牛莉从洗手间出来之后，老金说："可真臭啊。"

之后他又发："一起下来吃早点啊。"

牛莉想，如果自己做了一样的梦，一定不会特意发信息告诉对方，就算是不臭，真香，也一定不会告诉对方。过了几分钟，她听见王波在一层说："你看见老金给你发的梦了？"牛莉说："他把所有和我说过的话，都要再跟你说一遍，好像只和我说，就出轨了一样。"王波说："我怎么就没在梦里闻到过臭味？"

昆明有一个地方叫翠湖，据说是陈圆圆和吴三桂住过的地方。下午的时候，牛莉和王波过去走了走。牛莉手里拎着一个塑料袋，里面有刚买的生栗子。她喜欢吃栗子，因为她的肾不好（老中医说的），可她还没吃过生栗子。她在网上查了一下，说生栗子补肾效果更好。如果在往常，她一定会让王波也吃上几个，反正男人有永远补不完的肾，女人有永远暖不好的宫。可是如今自己怀孕了，王波的肾也毫无用处。医院的大夫说在孕中期，夫妻是可以同房的，可是两个人不敢，牛莉并不是完全不敢，她是兴趣不大，已经认识两年了，何况接下来的很多年，他们都要维持一种节奏，现在不是正好可以休息吗？

他们走在湖边，天阴沉沉的，好像下过雨又停了。“这些鸟如果想大便怎么办？”坐下来之后，牛莉问王波。

“你看到湖中间有一个海岛了吗？那就是它们的公共厕所。”王波说。

牛莉使劲儿咬着一个栗子，卖栗子的人可没有告诉她生栗子这么难咬。她想让王波咬，但又懒得和他说。生活中大部分时间也是如此，牛莉一个人做所有的事情，不是因为任劳任怨，而是因为懒得说。她想那个意大利人不应该研究什么誓言考古学，而应该研究一下这个问题，为什么两个人有时候这么懒得说话呢？或者说，她宁可说一些没用的废话，比如，“这些鸟如果想大便怎么办？”

看着这些各种大小的鸟，她忽然问王波："我们的孩子是不是一定会长成一个普通人？"王波说："不然呢？"牛莉说："我可以接受自己变老，但是不能接受他变老。"王波说："人都会变老的。"这句话让牛莉觉得没什么意思。但是两个人生活久了，就是要接受没意思，不是吗？牛莉告诉他，自己最近看的一本书里写着，未来世界的第一个永生人已经诞生了。那本书里还说，这个永生人最终只能一个人走进荒野。

就在这个时候，牛莉忽然看见远处一个人挺着肚子过来了，于是小声对王波说："好像是老金来了。"

不知道为什么，他总是围绕在牛莉身边。牛莉这样的反应，也表明了她对此人的态度。有时候，牛莉真的烦老金。就算牛莉清晨一个人在酒店吃早餐，他也会拿着托盘坐过来，一边吃一边跟牛莉说早晨疯狂拉肚子这类事情。挺着肚子的人越走越近，果然是老金，到了面前，老金从裤兜里掏出一个东西，用卫生纸包着，展开，是一个石头做的小娃娃，他说是刚才在当地逛街时看见的，送给你们。牛莉说谢谢，并且想到他要开博物馆的东西都是逛街买的吧。老金经常送给周围朋友一些东西，虽然不值钱，但是能把不值钱的东西送给别人并说出一番道理，不是更难得吗？老金还给王波送过一个小雕塑，看见老金，王波没话找话地说："老金今天的衣服真好看。"老金却勃然大怒道："我是思想家！思想家需要穿得好看吗？"牛莉想，他的酒还没醒呢！

此时此刻，牛莉看他们俩都是傻子。他们来到世间，聚在一起，就是因为来都来了，除此之外，毫无意义。一个滴酒未沾的人看着这一切，尤其是毫无意义的一切，甚至都开始怀疑起自己的意义。老金说自己会活到150岁，这让牛莉想到永生人。他一定知道牛莉烦他，但用他的话说："牛莉烦他，就是帮他减少'业'。"这样一说，牛莉感觉那些"业"又重新加回自己身上了。

牛莉给了老金一个生栗子，老金一口就咬开了，可惜里面黑乎乎的，是坏的。老金把坏栗子小心翼翼地放进自己的大衣口袋里。

之后有卖面包的人过来，老金买了十块钱的面包，事情的最后就是他们三个人坐在长椅上，一起对着从遥远的地方飞来过冬的鸟（具体的鸟的名字，牛莉忘记了）喂食。一个面包，牛莉分两三次就撕完了，真不知道这些辛苦飞来的鸟会不会被噎死，因为牛莉没有耐心，也不喜欢看它们争食。

老金说，在它们的长途飞行中，该死的都死了，所以不会再被噎死。虽然牛莉很难感受到这句话中有什么逻辑。

从二三十年前开始，就有成千上万的鸟从遥远的西伯利亚飞过来，在昆明过冬，飞行路上的死亡率是50%。可以说，他们在昆明，在翠湖，见到的都是生存能力极强的鸟。牛莉不禁想到那篇文章——“动物有自毁基因的行为吗”。如果是鸟，所有的鸟想自杀很容易，只要不再扇动翅膀就可以了。

之后，老金又问起昨天饭桌上的情况。

牛莉说：“钟总昨天说下个月还请我们来，有一个售楼处，可以来搞搞签售。”

“他真这么说了？”老金说，“你看，他们没文化的就需要有文化的。到时候你让王波把新书拿来签售。和钟总的关系，我也要苦心经营。”

牛莉知道，他就是说说，他不会苦心经营的，或者说他一旦苦心经营，准会把事情搞砸，没有他苦心经营搞不砸的事。因为老金被一个核心控制了，就是——有钱人都是××。我们可以记住李清照，但我们能记住宋朝的任何一个有钱人吗？大概就是这个意思。牛莉想：当然，在这个逻辑里，老金也没有错，但是在宋朝做一个有钱人，不也是很舒服的吗？

后来，老金又说昨天的美女好像割了双眼皮，自己吃饭的时候一直看。

之后，关于昨天的饭局就再无话可说。老金手里的面包还没有喂完，他每次只撕小拇指大小的面包。老金说自己最近在搞文学创作，要不是这次来昆明，就在家继续创作了。牛莉说：“那就把文学当哲学搞。”老金又问王波在做什么，他们如果问对方做什么，多半是因为无话可说，牛莉帮王波答道：“他最近在写一部关于怀孕的小说，要把你，老金，作为主角，哈哈。”

“那他这个小说写不好了。”老金说。

牛莉说：“我想也是。因为写你们，就算写得再好，也是站在一楼写的东西。他得写点站在二楼的东西。”

“这么绝对吗？”老金说。

牛莉想，不是“绝对”和“相对”的问题，是没有“绝对”和“相对”的概念。当然，这些话都是李杨不知道什么时候传进她耳朵里的。如果是“好”，就是超越了“绝对”和“相对”的“好”，甚至超越了“绝对”和“相对”的

“坏”。

“反正王波写不好。”老金又说，“我不是和你吵架，要是吵架，我也吵不赢。吵架就是一鼓作气，我现在气也快没了。对了，昨天最后是怎么散的？”

“都被你喝死了吧。”

“哎，我怎么就喝不死呢？”老金感慨。

“博物馆呢？”牛莉问。

“本来我看他也不想弄，经过我昨天一顿饭的斡旋……”老金又说，“他们都没文化，所以要和我们交叉感染。”后来又问牛莉昨天的餐厅叫什么，牛莉说“大象无形”。老金说：“大象有一个鼻子、两只耳朵、四条腿和一个尾巴，怎么无形呢？”看到这里，大家千万不要以为此人太无知，他就是有这些奇谈怪论。

在天变黑之前，他们三个人又迅速躲到咖啡馆里去了。王波点了奶油咖啡，牛莉帮他把上面的奶油都吃了。看着水面上的鸟，牛莉想起别人曾问过自己的一个问题：“那些死去的鸟都去哪儿了？”另外，据说一个人如果看着天变黑，大概就是黄昏时刻，会丧失做所有事情的必要，连一头驴在那个时刻都不想拉磨。

自始至终，王波都在醒酒，没有说话，老金说，“做艺术的”就是指王波这类人，都不会表达，说一句话，就像茶壶里煮饺子，而与此相反的就是老金这类人，几乎从起床起就满口金句。这让牛莉觉得十分悲哀，相信语言是因为相信结束，于是拼命说话，害怕结束。

次日，牛莉和王波两人去了当地新建的动物园。动物园里有鸡、鸭、鱼，鱼在人工水池里，鸡和鸭在人工禽类馆，有一个阿姨拿着扫把轰赶鸡鸭。牛莉问王波：“吃了这些动物的肉，会不会做动物的梦？”王波说：“我今天早晨刚吃了猪肉——猪肉米线。”

两个人走到狮虎山，狮山和虎山之间有两道安全门，两道安全门中间拴着一头驴，蒙着眼睛，正在转圈。“这头驴要是知道自己的处境会不会放弃？”牛莉问。王波说：“所以要蒙着眼睛。”牛莉看了一眼王波，觉得没意思透了。之后是猩猩馆，牛莉走近看的时候，猩猩忽然扬起一把土，撒到牛莉脸上。

回去的路上，她对王波说：“我给你讲过有一年我在中俄边境去过的一个动物园吗？”王波没有反应，她继续说：“是在我认识你的前一年，我去中俄边境旅游。你知道的，中俄边境很长，我去的就是游客可以去的那些国门。我没跟旅行团，怕被骗，也不想和其他人认识，但是走的路线和旅行团一样。那边就有一个动物园，买票进去，票很便宜，至少对我们来说很便宜，不知道对俄罗斯人来说是不是也很便宜。其实我也不知道他们出国旅行会不会来动物园，有什么动物必须放在国门呢？你说奇不奇怪？”王波点了点头，他一边看手机一边点头，牛莉想，一个人还愿意应付她，她就应该感恩戴德。牛莉继续说道：“但既然叫动物园，总应该有动物，对吧？但其实不是的。没有，什么动物都没有。仔细看，可能有一些蚂蚁之类的，里面有一个三角形的棚子，想进棚子还要另买票。于是我就跟着旅行团买票进去了，我想他们的团票应该比单人票便宜。我感觉自己亏了，棚子里面的票比门票贵了两倍。进去之后，我才发现是马戏团，还是没有看见动物，也没有看见小丑，更没有小丑吹棉花糖、卖彩色气球。棚子里到处是人，还有一股很大的骚味。我想，里面肯定混合着人尿，不能都是马尿吧？当时就这样，等了大概一个小时，马戏表演才开始。其实等了半个小时，我就已经不想等了，我想再等下去，自己准会失望。要是你，会不会失望？”

“等着吧。”王波说。

牛莉想，我怎么会和你结婚呢？

于是，她接着说：“后来就开始了。可是，哪儿有什么马戏团？上来一个书法家，书法家旁边是一个穿着旗袍的俄罗斯大美女，真的是大美女，但不难看出她很快就会变胖。对了，书法家是一个中国人，留着胡子，正像我们以为的那种书法家应该有的样子。当然了，书法家肯定都是中国人，不然多没有可信度，对不对？”王波点头，牛莉又接着说：“具体的时间我忘记了，当时是春夏之交，很闷热，棚子里更热。我已经不耐烦了，可是门都关上了，如果着火，是一个都逃不出去的，何况并没有着火，我就更别想出去了。”

“就没有一个马戏？”王波忽然问道。

“没有，一个都没有，真的，就是书法家当场写字，美女说价钱，下面的人买。哦，也不是一个马戏都没有，是猴子给买字的人送字。其实不知道为什么如今想起来，我觉得比电视上的购物节目有意思，至少是猴子给送过去的。”她又想起把土扬在自己脸上的猩猩，接着说道，“也不知道为什么跟你说这个，可能是觉得无聊吧。”

也许是真的觉得无聊，至少在两人谈恋爱时，牛莉很少把“无聊”两字说出来。她想：没错，如果说所有人都以此度过无聊的一生未免夸张，但也应该不在少数。她希望孩子尽快出生，以拯救自己的无聊，可这个想法未免严重了。

说过之后再无话可说，有时候，牛莉真的厌恶自己总是讲故事的那个人，其实也不是厌恶，而是委屈。在回宾馆的路上，他们路过一家殡葬公司，上面写着几个字——人，活在自己的葬礼中。如果在过去，路过这样的地方，她总觉得是不祥之兆，但是怀孕之后不一样了，她什么都不怕了，没有这样的时间了。她想到很多年前，和老金还有一些人的一次短途旅行，那些人如今都已经失去联络。在那次旅行中，他们路过一家棺材铺，棺材铺的二层是一家旅馆，在一个小县城，彼时，老金执意要住进这家棺材铺旅馆。她忽然意识到，老金才是真正践行的人，他活在自己的葬礼中。牛莉想，是啊，人活在自己的葬礼中有什么不好呢？总比一直活在自己的婚礼中要好。类似“人活在自己的葬礼中”还有不少说法，比如，每个人都是自己的死者，或者像乔伊斯的小说里写的一样，我们每个人都活在一个死者笼罩的世界上，你爱的人和爱你的人，或者你自己都可能已经被死者改变了，每个人的身体都是飘落在干枯道路上的树叶。

牛莉、王波是和于会过、李杨一起坐飞机回京的，离开宾馆之前，她还让宾馆帮忙把之前买的几个生栗子蒸熟了，就像一种云南特产一样，把栗子带回北京。因为于会过很会过，于是在机场，她一定要带大家找到头等舱休息室，一行四人拖着行李，其间，李杨的帽子掉在地上一次，围巾掉在地上一次。牛莉想，他肯定是个“妈宝男”，从来没有拿过东西。到了休息室，因为人太多，于是他们又被调配到另一个休息室，总之离登机口越来越远，而时间越来越紧迫。当四个人往登机口走的时候，广播里已经在念名字了，而且念了两遍。于会过跑在前面，李杨小碎步跟在后面。牛莉想起有一年在机场，她听见广播里在念一个自己小学同学的名字，因为那是一个罕见的名字，所以牛莉确定是自己的小学同学。牛莉有点儿走神，万千枝蔓又分出万千枝蔓，看着前面的一对夫妻，回京之后，他们四人还要参加一场关于太宰治纪录片的放映活动，也是“能力有限”的制作。几个人在一起，看上去就像一个打包组合。牛莉还在犹豫要不要参加回京之后的放映活动。太宰治说家庭幸福是万恶之源，但因为脱离了具体的时间、空间，这句话的意义并不大。类似这样“假”“大”“空”的话有很多，比如，没有什么比不幸更可笑，人生的唯一内容就是沮丧，一个人的过去才是一个人的本质，等等。牛莉想，这都是一些屁话，千万不可以作为人生指南。

牛莉不喜欢太宰治，他太悲哀了。一个人一直悲哀就是一种懒惰，搞不好还是一种假悲哀。太宰治的女儿写过一本回忆父亲的书，里面有一个情节：一些女人给太宰治写信说我应该嫁人还是做妓女呢？太宰治回信说了四个字：“我命何哉。”女儿对父亲的回信的评价是：“这是一个多么装腔作势的父亲。”牛莉如今已经不认为家庭幸福是万恶之源了。不知道为什么，她深信婚姻就是一种自我改造。人渐渐背离自己，走向自己的反面，甚至变成另一个自己，然而还是自己。肚子里的生命让牛莉觉得很神奇，甚至牛莉已经不能接受失去这一切。马拉默德有一篇小说里写道，人先是由水上的一团气生成。记不清了，光是这，就够美了。

终于，飞机起飞，他们离开了昆明，用老金的话说：“我们都走了，钟总要唱一首‘送瘟神’。”

但是老金说这句话，显然太不了解有钱人。把世界看透的人就会表演了，而钟总正是这样的人。

回京之后，牛莉要做第二次畸形排查。在医院里，看着来来往往的大肚子，牛莉会得出很多普遍真理或者人之常情，她不清楚是哪种，放在当年，她准会到处宣扬。如今，只是想想，她就什么都不想说了。此时此刻，她想，恋爱就是大海捞针，捞到一根针，然后戳瞎自己的双眼。

医院大堂的电视里在播放海豹，她想起去年在南极也看见了很多海豹。除了企鹅，就是海豹。她盯着电视看了很久，就像从来没有见过真的海豹一样。她想到一个问题：海豹的身体会不会很滑呢？

躺在B超床上，牛莉不知道孩子会不会多一个指头或者少一个指头，无论多一个还是少一个，都大事不妙。如今已经8个月，谁会因为多一个或者少一个指头就放弃呢？一个人的过去才是一个人的本质，没错，在子宫里，才是一个人的本质，不仅仅是子宫，还有更早以前。一个人出生之前，才能被证明是不是已经出生；一个人消失之后，才能被证明是不是存在过。大概就是这样的意思。

畸形排查之后，医生说脐带依然绕颈，但是告诉牛莉别担心。牛莉想：胎儿会不会自杀呢？如果胎儿自杀，是不是证明人类有另一种可能性呢？她很难不担心。她为此担心的时候，母亲发来信息问她：“以后想买什么尿布？”

之后牛莉又去照了五维彩超，胎儿的脸一直贴着肚皮，医生用仪器在肚子上使劲移动，说“动一动”。牛莉从显示器上才看见一个握成拳头的小手动了动，之后是小脚、小脸。拿着镶在蓝色相框里的照片，牛莉和王波两个人在车里坐了很久。蓝色的相框，说明他们会有一个儿子。牛莉把照片发给母亲，说是男孩儿。

王波说：“为什么孩子都要把拳头紧紧地握起来，显得这么可爱？”

“因为如果不可爱，他们就根本不会活下去。这都是人类自私的基因。”牛莉说。

她想：无论如何，是我被你选择做你的母亲。

当然，这些道理都是她从书上看的，也许并不是真正的生活。什么是一个人真正的生活呢？会不会真正的生活是小说，现实的生活是衍生。或者没有衍生，比如人能分清手心、手背的边界吗？用李杨的话说：佛理的眼目，一元就是如其所示，实像没有判断、想象；二元就是给实像附加上人类所谓的各种期许。

但她并不明白这句话到底是什么意思，这让她想起一件小事。有一年，她和前夫去野外钓鱼，在一个山谷里，很凉爽，太阳快下山了。那个时候，两个人结婚不久，前夫会钓鱼，牛莉不会，但她喜欢在山谷里坐着，因为很凉爽，一片野水。两个人坐在水边拿着钓竿，偶尔还说话，忽然，牛莉发现她看不见前夫了，然后，连手里的钓竿也看不见了。四周的山谷很空，更凉爽了。她抬头看见一大片乌云遮住了月亮，一片乌云大概也有几十万公斤。她想，要是飘走，也需要很长一段时间。她轻声叫了一下前夫的名字，对方“嗯”了一声，好像还在钓鱼，两个人就这样一直在一片漆黑中坐了很久，或者说，她感觉自己一个人坐了很久。这样的感觉，大概也是他们之后几年婚姻的感觉，或者只是她一个人的感觉。事情的叙述已经模糊，因为曾经在心头的灰暗感觉已经不再强烈。

另外，那段时间还发生了一件事情，老中医离开北京了，有三个版本：第一个版本是中医馆经营不善，第二个版本是中医馆经营不善且死了人，第三个版本是中医馆经营不善且死了一男一女。自然，这三个版本都出自老金之口。

春　分

牛莉的孕肚变得很明显了，老金一直没有约她。不知道是不是因为肚子变明显了，看老金的微信朋友圈，他自己倒还和一部分人偶尔聚会，但没有叫牛莉，牛莉有一种从暴君手下解脱的感觉。

临近春节，家人的聚会变多了。小年的时候，牛莉的外甥女来了。牛莉的外甥女喜欢说自己是姑姑的孩子，牛莉的表哥又黑又胖，表嫂又黑又瘦，外甥女也是又黑又瘦，不知道长大了会不会变胖，可是她的睫毛很长，笑起来眼睛弯弯的，牛莉喜欢得不得了。不止王波一个人说过，你外甥女的眼睛笑起来弯弯的，和你一样。其实王波的原话是：和你谈恋爱的时候，还以为你有一个孩子，当时做了好一番思想斗争。牛莉想，没错，是人就要做一番思想斗争。这样想的时候，牛莉看着外甥女，她的睫毛一扑一扑的，牛莉摸了摸自己的睫毛，因为怀孕，不能用睫毛膏，否则自己的也能一扑一扑的。表哥在旁边吃着一块去年中秋剩下的月饼，对外甥女说："你看看姑姑肚子里的是小男孩还是小女孩。"表哥很喜欢吃月饼，每年全家吃不掉的都留给他。虽然表哥才四十出头，但他常说："吃一块少一块。"表哥每周都来牛莉家看牛莉父母，好像是替牛莉看一样，用牛莉妈妈的话说："他是过来吃月饼的。"一个占小便宜的人总不能太坏。

孩子是天真无邪的，外甥女拿着从幼儿园和男同学换回来的玩具，对牛莉说："那你以后再生小孩儿，是不是还要再结一次婚？"

表哥呵斥道："牛子璇！"

外甥女叫牛子璇，牛莉很不喜欢这个名字，就和不喜欢自己的名字一样，或者太俗，或者太雅，那还不是一个意思？人的名字真的是长辈给起的吗，还是自己生下来就认领的？就像只是借助父母的精子、卵子来到世间一样。就是说眼前这个睫毛很长、笑起来眼睛弯弯的小女孩一定要叫牛子璇，而自己就应该是彻彻底底的牛莉，王波就是王波。名字就是人的代号，改名、改运气都是痴心妄想。她进而想到，牛莉和王波生出来的孩子应该叫什么呢？但这并不妨碍她回答外甥女的问题，于是牛莉说："姑妈争取这是最后一次结婚。"

外甥女早就把玩具扔在了地上，左右摆弄桌子上的月饼包装盒。牛莉捡起玩具，用嘴吹了吹，她发现这个玩具做得很精致：是一个小袋鼠，袋鼠的口袋里还有一个更小的袋鼠，但是更小的袋鼠因为太小了，只有一个轮廓，而且被一根线缝了起来，不能和袋鼠妈妈分开。牛莉用手使劲拽了拽，忽然发现线松了。她把更小的袋鼠拿了出来，小袋鼠看上去就像一只老鼠。她想，一个人刚出生的时候，和老鼠有什么区别呢？从基因序列来讲，区别也不大。但就是这一点点的区别，就是永恒的区别。于是她把"老鼠"拿给外甥女，外甥女尖叫着扔到墙角。表嫂听见尖叫声，从卧室出来看，她的头上顶着牛莉妈妈的一顶假发，两个人正在卧室试假发。牛莉妈妈买了不少假发，每一个看上去都像假发一样假。外甥女看见表嫂，瞪了她一眼，牛莉不知道自己是不是看错了，但从她的角度看，就像是瞪了自己的亲妈一眼，或者瞪了亲妈的假发一眼。瞪人的时候真不好看，牛莉想。她进而想到，自己也一定经常用这样的眼神瞪王波，比如他喝多了走在路上，连裤子都掉下来，还在看着头顶的天空发笑的时候，牛莉都会用这样的眼神。

表嫂完全没有看见自己的女儿瞪自己，对牛莉妈妈说："这个假发戴着还挺轻松。"牛莉想：她是不是要说这个假发戴着还挺轻的?

牛莉妈妈说："贵。"

外甥女重新凑到牛莉肚子前面说："我在妈妈肚子里的时候，经常荡秋千。"

牛莉觉得这个女孩长大了肯定不一般，这么小就会编瞎话了。于是她问："那你是怎么荡秋千的呢？"

外甥女说："上下左右，转圈荡秋千。"

她这么说的时候，牛莉感觉自己的小腹一阵痉挛，上次产检的时候，B超显示胎儿脐带绕颈两周半。她在网上问"大夫在线"，"大夫在线"让她去医院问医生。医生说："有的胎儿脐带长，绕三四圈都没事；有的胎儿脐带短，绕一两圈就有事。"牛莉记得自己问医生："那怎么知道脐带是长还是短呢？"医生说："这个目前没有办法知道。"牛莉想，这也太暧昧了。她现在想：是啊，没准儿也在荡秋千吧！

牛莉其实有些恨这些检查，但又非如此不可。她深信，人类应该给造物主留一个出口，不应该对肚中的一切了如指掌。想到这些，牛莉只能对肚子里的胎儿说："抓住了。"

另外，过了春节还将有一件好事发生，姑且说是好事，牛莉之前写的一些曲目要公演了，但说实话，她觉得多少有点无耻，真正的创作是渎神的，像她这样的二三流，至少不会有这种被诅咒的可能，却要背上无耻的骂名。她摸着肚子里的胎儿，觉得羞愧。胎儿的名字她已经想好了，叫"够够"。她讲：很久很久以前，有一个孩子叫够够。但她不知道很久很久以前，有没有一个孩子叫够够，或者是自己未来的祖先，她正在孕育自己的祖先。

外甥女重新捡起地上的袋鼠，学着小袋鼠的方式，把袋鼠也放在自己的衣服里。孩子就是这样，和猫在一起像猫，和狗在一起像狗……表哥忽然说："和袋鼠在一起像袋鼠。"

"月饼有什么好吃的呢？"牛莉问。

表哥说："我不吃水果，一口都不吃，水果太甜。但我吃月饼。”然而这并没有解答牛莉的疑问。

“为什么孩子和猫狗在一起像猫狗？”牛莉又问。

“不都说孩子是小猫小狗吗？”表哥摸了摸嘴，说，“不吃了，一会儿影响吃饭。”

牛莉看着墙上的钟表，其实随时可以吃饭。牛莉爸爸在厨房煎牛排，M9，这是牛莉爸爸反复强调的，他最近新了解的牛排知识，于是反复强调。牛莉感觉这仅仅是一些商业骗局。

牛莉觉得表哥说的话前半句很有道理，但后半句完全是胡说八道，也许因为孩子都是完整的，没有自己的，所以可以像一切。但平心而论，她觉得外甥女已经有点大了，会编瞎话了，她感觉肚子里的孩子还有希望。

不到十分钟，牛莉爸爸端了十几块M9出来，说：“今天不吃别的，也不蘸料，就吃牛排。”

表嫂和牛莉妈妈摘了假发，从卧室走出来，牛莉妈妈也说：“今天不吃别的，也不蘸料。”

牛莉并没有孕期疯狂想吃东西的愿望，其实，她想吃点花生瓜子，觉得这才像过年。另外，她忽然有点想念奶奶。有人说，想念一个人的时候，那个人就已经到来了，是真的吗？

牛莉家人很少，只有表哥一家在同一座城市，表妹在美国，用牛莉爸爸的话说："不结婚、不谈恋爱，一心当女强人。"另外还有两个远房亲戚，来往甚少，用牛莉爸爸的话说，还是"没出息"。

牛莉也不知道自己在父亲眼里算不算有出息，什么是有出息呢？自己这一代是独生子女。从某些角度来说，独生子女就是有且只有一个然后没用的意思。有一年母亲生病，检查结果出来之后才告诉牛莉。牛莉当时觉得委屈："怎么不早说？"牛莉妈妈说："和你说有用吗？"

牛莉想：这话说得没错，和自己说有用吗？自己又不是医生，甚至自己连一个医生都不认识，或者，也不是不认识，是不记得了。她记得的，全是老金这类顶级废物。

牛莉想起半年前，她在老金的饭桌上见过一个人，介绍是某医院ICU主任。可惜那时那刻主任已经喝多了，喝多之后一直说："每年都要花这么多钱在ICU，这么多钱，你们知道这么多钱是多少钱吗？"牛莉因为没有喝酒清醒极了，她问主任："到底多少钱？"主任说："作家？你们都号称作家？全进一次ICU就知道是怎么回事儿了。"

老金在旁边说：“进ICU有什么了不起？我进过，我以后还进太平间呢。”

老金确实进过ICU，酒精中毒，自然进了ICU，他被拔下插管、推回普通病房的时候说：“我怎么喝不多也死不了啊？”

但是那天之后，牛莉就再也没有见过ICU主任了，所以母亲说得没错：“和你说有用吗？”

另外一件自然而然的事发生了：那天吃过M9，牛莉和王波又去找老金了。老金微信里说：“‘话剧李’也在。”牛莉知道，这是无家可归。不光小年如此，大年三十都是如此。他们就是交织在年和年中间的孤魂野鬼，谁有家，谁就不是人。

还有些事情老金没有说，进了包间，牛莉不敢相信自己的眼睛，钟总也在，而且是两位“钟总”都在。老金喝多了，正在夸夸其谈：“有钱人只会用财富衡量。”两位“钟总”几乎异口同声地说：“是！我们就想和你——老金，比肩。”

“话剧李”躺在桌子上，脸蛋红扑扑的，“话剧李”喝多的结果就是脸蛋红扑扑的，看上去就像有什么倒霉的事要发生。王波过去把他拍醒，挤在旁边坐下。王波的脸也红扑扑的，一个小时前，他和岳父喝酒，互相都喝多了，因为不喝多，还能干什么呢？牛莉爸爸拉着王波的手说：“贤婿呀！”后面想说什么，又没有说，一直说“贤婿呀”，王波几乎要管牛莉爸爸叫老哥了。

“话剧李”被王波拍醒，看着四周，又看着牛莉，好像牛莉不是四周的组成，忽然说道：“恶浪浊波拦不住。”听上去就像是一句话剧台词，或者是梦话，但一定不是酒话，酒话应该是：“恶浪浊波拦不住。喝！”

但这七个字却让牛莉大为震动，这种震动就像她第一次看到验孕棒上的阳性一样，如果一个生命要来临，那它就一定会来临，就像这世间的万事万物一样。对比这种确定，喝酒已经是最温柔的惩罚了。牛莉看见饭桌上的菜都没有动，老金说过：“菜太好，不适合喝酒。”此时此刻就是菜太好，于是菜都没有动。牛莉用筷子拨弄了一下，也算是动了一下，这样服务员就不会再上给别人了。

“跟我比肩？”老金说，“人生就100年，过坏了又怎么样？当然，我可能活150年。”他又看了一眼牛莉说：“牛莉活90年吧，王波可以活80年。”然后看了一眼“话剧李”说：“他今天晚上就得死。”

“话剧李”忽然听见老金对自己的诅咒，问道：“那我为什么今天晚上就得死？”

牛莉已经分不清“钟总”和“钟总”了，她听见其中一位钟总说：“比肩，就是和你们文化人的安贫乐道比肩。”

老金听到后，忽然摔了一个玻璃杯，说：“我们凭什么要安贫乐道？”

也许还是刚才的“钟总”或另外一位“钟总”刚要说话，老金又摔了一个玻璃杯，说：“你要说什么？你能说出个××。”

服务员听见两次清脆的玻璃落地声，便拿着扫把进来，好像一早就拿着扫把等在门后。不光扫走了玻璃，还扫走了王波的一只棉拖鞋，当然这是在两个小时之后才被王波发现的。牛莉相信服务员是故意的，这说明，尽管服务员已经有赶他们走的意思，但几个人还是又待了两个小时。王波主动要和老金喝酒，老金还沉醉在方才的夸夸其谈中，好像一直在捕捉一个机会等着摔碎第三个玻璃杯。牛莉数了数，饭桌上的玻璃杯倒是为数不少，虽然只有几个人，但放满了玻璃杯，这不就是让老金摔的吗？

“朋友，都是朋友，不摔了，都不摔了。”其中一位钟总说。

牛莉看着两位“钟总”，实在想不出他们凭什么和自己是朋友。老金看懂了牛莉的眼神，就说：“牛莉，你别狂，从善如流，从恶如崩，朋友不论善恶。”牛莉说：“他们明明是有钱人，怎么降级和我们成了朋友？”

其实还到不了善恶这种境界，牛莉想。因为她喜欢和老金吃饭，喜欢看他在饭桌上冒出奇谈怪论。可是对于饭桌上吃饭的大多数人，或者说，对于大多数请客的人，她想：是啊，没劲儿，并且，单从这一点，自己就没有老金宽容，是不是可以进而得出“自己没有老金伟大”这一结论？

没有人知道原因，“话剧李”睡了又醒，醒了又睡，尽管他睡了很长时间，但总是中途醒来，这让牛莉在一瞬间感觉他是一个充满了压力的人。“牛莉啊，”“话剧李”忽然说，“你要多吃米饭、多吃萝卜，少洗澡。”这一切，就好像梦里收到了神启。牛莉看着满桌的佳肴，唯独没有萝卜和米饭。当她这样想的时候，她忽然感觉饿了，胃里的M9明明还没有消化。她喊来服务员问：“有花生瓜子吗？”她打算嗑一点花生瓜子来迎接这最后的时间。

王波自己倒酒，和两位“钟总”喝了两杯，牛莉在桌子下面踩他的脚，在牛莉看来，自己的丈夫也未免太随和了。王波开始用桌子上的筷子敲打发出声音，如果不仔细听，很难听出这是一首悠扬的曲子。服务员进来了，拿了花生和瓜子，后面还跟着一个人。牛莉一看，这不是老中医吗？

除了牛莉，没有人注意到老中医，或者说没有人需要注意到老中医，他不是离开这个城市了吗？因为他的中医馆出事了。牛莉开门见山地问老中医：“是不是因为今天来吃饭的人太少了？老金叫你来凑数。”她说完哈哈大笑，自己就要当母亲了，为什么这么刻薄？

王波忽然对牛莉说：“你挑重点说。”

牛莉不知道老公嘴里的重点是什么，于是大声对老金说：“老金，老中医是不是要罚酒三杯啊？”

老金抬头，猛地望见老中医，说：“你喝三杯，我喝六杯。”

王波说：“我喝九杯。”

老中医看着两位“钟总”问老金：“这二位是谁？”

“别问这些跟你无关的。”老金说，“多余。”

“没有多余的，就没有饭局了。”牛莉说。

“你要非这么说话，那可以说没有多余的，就没有文明了。”老金说。

其中一位钟总转移话题问牛莉：“你是不是要生孩子了？”

牛莉说：“预产期应该是下周。”

另外一位钟总说：“预产期都不准。”

牛莉转过头问老中医：“生孩子是什么感觉？”

“你问他？”老金说。

“据说和剥皮一样。”老中医说。

“剥皮是什么感觉？”牛莉接着问。

“你说的这些，都不是中医能回答的，你该去问法医。”老金说，“谈点大家能听得懂的。”

只有牛莉还在反复品味“剥皮”两个字，觉得有点儿兴奋，这种兴奋还来自王波，不止王波，大家不都听到了吗？听到的人越多，她越觉得自己伟大，一个女的为了一个男的去承受剥皮般的痛苦，还有比这更刻骨铭心的爱吗？当然，一切都仅仅始于一种比喻。也许什么都不是，或者就像大便一样。老中医的这些危言耸听都没有叫醒“话剧李”，两个人本来就不熟，没人知道老中医为什么出现在这里。老金说得对："他消逝得太短暂了，大概只有两三个月的工夫，给人一种前功尽弃的感觉。"如果老中医和他的中医馆从此在江湖上消失，或许这一切将值得铭记。但或许本就什么都没有发生，一切关于老中医的遭遇，都是老金幻想的。

又喝了几百杯之后，"话剧李"再次醒来，当然几百杯只是一种普遍的说法，和剥皮的性质差不多，总之，喝了很多酒。"话剧李"看着老中医，或者觉得自己是一只小狗，或者觉得对方是一只小狗，开始摇头摆尾。此时此刻，两位"钟总"已经全部趴在桌子上。不难想象，老金开博物馆的计划又被搁置了，如果他们今天的话题依然是开博物馆。但是没有关系，两个，遑论两个，就算三四个钟总愿意和老金比肩，那些愿意和他比肩的人早晚给他开一间博物馆都不在话下。

所有的人都醉了。

牛莉认真地问老中医："你到底去哪儿了？"尽管这么问，但其实她一点儿也不关心。老中医整晚或者说整个人生最有价值的一句话就是"剥皮"。

那天，他们很晚才回到家。一周前，牛莉和王波新租了房子，离父母家更近。"剥皮"的日子快到了，为了方便，他们才搬得离父母家更近，但也没有近到在一个小区，隔了两个小区，走路十分钟或者说一碗面的时间，但是，父母从来没有给牛莉送过一碗面，有时会送鸡汤或者鱼汤，牛莉喝不完都让王波喝。自然，王波又胖了。有时候从侧面看王波的肚子，真的很大，比牛莉的肚子还大。虽然牛莉依然很爱王波，但是她也在想——要是王波的肚子小一点，就更值得她爱了。

王波醉醺醺地躺在床上，要牛莉给他热一杯牛奶，牛莉顺便也给自己热了一杯。两杯一模一样的牛奶放在床头柜上，醉醺醺的王波翻身飞手，两杯牛奶就以一模一样的方式掉在了地上，玻璃杯碎成了几乎相等的几片，这让牛莉想到两位“钟总”，或者，也许这是在呼应老金打碎的玻璃杯，但仅仅是一瞬间的想法，很快，一股不可遏制的怒气涌上她的心头，或者说先是内心感受到，然后脸开始变得又红又烫，整个大脑充血。“××××，王波！”牛莉破口大骂。虽然没有一条法律禁止孕妇骂人，但是怀孕后，牛莉真的很少骂人，她想：这多少也是胎教的一部分吧。但此时此刻，她必须骂，骂了一句又一句，然后用手捂住肚子，就像捂住未出世的胎儿的耳朵一样。王波被骂醒了，走到客厅问：

“扫把在哪儿？”这一句让牛莉骂得更欢乐，她说：“你都不知道扫把在哪儿吗？你什么都没做过，什么都是我做。我的孩子和你无关！”

不知道为什么要加上最后一句，王波在客厅找扫把时，又撞翻了一把椅子，他的声调也高起来：“什么叫你的孩子和我无关？”

“孩子是我的，我也能养得起。”牛莉说。

“我就养不起吗？”

“你没有资格养。”

“不就是两杯牛奶吗？”

“你没有资格说这句话。”

牛莉从床上翻身下来，没有穿拖鞋，打算往玻璃碴上踩。王波从客厅快速退回来，把牛莉搬到床上。牛莉在被子里尖叫：“喝酒，天天就知道喝酒！你是不是不想要孩子出生？你不爱孩子，也不爱我。”

“我也没有背着你喝过一次酒。”王波听上去很委屈，事实也是如此，每次出去喝酒，牛莉比王波还积极。虽然她滴酒不沾，但是她指挥王波喝酒，老金在一次饭桌上封牛莉为“监酒官”。

牛莉起初以为是老金编造的官职，上百度一查：正式筵宴，尤其是御宴，都要设立专门监督饮酒礼节的酒官，有酒监、酒吏、酒令、明府之名。他们的职责，一般是纠察酒宴秩序，将那些违反礼仪者撵出宴会场合。不过有时他们的职责也会发生变化，常常劝人饮酒，反而要纠举饮而不醉或醉而不饮的人，以酒令为军令，甚至闹出命案来。

因秉公执法而要了人命的，其中有一则比较有名：

《汉书·高五王传》记载，齐悼惠王次子刘章，也是一个刚烈汉子，办事认真果敢。有一次他侍宴宫中，吕后令他为酒吏。等酒饮得差不多了，刘章唤歌舞助兴，这时吕后宗族有一人因醉逃酒，悄悄溜出宴会大殿。刘章发现以后，赶紧追了出去，拔出长剑斩杀了那人。他回来向吕后报告，说有人逃酒，我按军法行事，割下了他的头颅。吕后及左右听了大惊失色，但因已许刘章按军法行酒，一时也无法怪罪他。一次隆重的酒宴就这样不欢而散，云云。

牛莉没有继续查下去了，她对知识没有好奇心，这可能是她和老中医最大的区别。老中医号称老金身边的“四大懂”，上知天文，下知地理，旁征博引，随便和他吃一道菜，都要讲两个小时的典故。至于“四大懂”中的另外三个人是谁，就不得而知，也许“四”只是一种虚词，只有老中医一人堪此重任。牛莉更感兴趣的是人物关系，而不是知识，但也许这只是她没知识的一种借口。但是，知识太多，不光给人一种贩卖的感觉，还显得没有智慧，这也是她总觉得老中医没有智慧的原因。不过，老中医说了一个智慧的词——剥皮。

老金则给人一种富有智慧的感觉，但若是就此推断他没有知识，老金一定会拍案而起。如果没有“案”，他准会拍着自己的大腿，直到把自己的大腿拍青。

明明是牛莉和王波正在吵架，接下来，牛莉使出了每次吵架的必杀技，说：“你为什么和我前夫一样？”每次王波让她失望的时候，她就觉得在王波身上看到了前夫的影子，以及与前夫离婚的理由，影影绰绰。既然这一切都一样，她为什么不能再离一次婚呢？可是这样想，又让她感觉很遗憾，哪个孩子希望没有父亲呢？牛莉气冲冲地从床上下来，这一次，她穿了鞋，穿过客厅，走到阳台，把扫把扔在地上，然后往相反的方向走出了屋，“咣当”一声，她把门摔得很响，内心却希望王波快点儿追出来，可是王波没有追出来。于是，她又说了一句狠话：“别做出让自己后悔的事情。”

虽然牛莉也不知道什么是让自己后悔的事情，换句话说，这半生，做过的后悔的事情还少吗?

站在楼道里，因为他们租的是顶层，唯一的对门墙上贴满了水电缴费单。牛莉发现，最早的可追溯到去年年初，大概就是她和王波新婚不久的时候，这意味着对面的人有两年没有回来了，或者回来了，只是不想付水电费，这些白色的缴费单在楼道里被小风吹拂着。声控灯灭了，牛莉不敢使劲儿跺脚，怕动了胎气，就发出“啊”的一声，凄惨尖锐。她忽然有种不祥之兆，于是拼命敲自己家门，密码锁很不好使，每次按键按到一半的时候就会重启。牛莉继续敲门，她隔着门听见王波把扫把放在地上，门开了，她看见簸箕里都是碎玻璃。王波抱住了她，现在是两个大肚子贴在一起，当然还是王波的更大一些。

“外面地上有一个快递。”抱了一会儿，牛莉说。

夫妻就是这样，吵架之后很快和好，不然就真的要去离婚了。

王波说：“你看，我都扫干净了。我也不是故意的。”

牛莉往卧室走，王波重新开门拿快递，拿进来说：“是你表哥寄的。”

牛莉低头在床边四处观察，观察了一会儿喊道：“王波，你过来。这不是还有一块碎玻璃吗？你怎么不把床头柜移开？”

得寸进尺是女人的天性。

稍后，牛莉又命令王波把快递拆开，喃喃自语道：“还挺大？是什么东西？”

王波用美工刀划了两层快递包装箱才划开，牛莉在台灯下一看——纸尿裤，一整箱的纸尿裤。不仅有婴儿穿的，还有大人穿的，大大小小、各种各样的纸尿裤。她感觉生孩子就和大便一样，不仅和大便一样，还和小便一样。不然，这些纸尿裤怎么能派上用场呢？她拆开一个，包在王波身上，哈哈大笑，刚才的牛奶风波一扫而散。牛莉不知道要多久才能用完这么多纸尿裤，她又想到对门的水电缴费单，便对王波说：“顶层都没有人住。”

王波说：“你怎么这么多要求？前天刚告诉我电梯间总有升降的声音，嫌吵。现在又说没有人住。”

牛莉命令王波重新给自己倒了一杯牛奶，而且要在微波炉加热一分半，这次只有一杯。

当夜，牛莉做了一个梦：

梦里，自己和一个未出世的孩子一起看月亮。梦里的孩子很模糊，牛莉在梦里也很模糊。她问孩子：“月亮圆不圆？”孩子说：“没有月饼圆。”

因为这个梦，牛莉醒了。孕晚期的缘故，她去冰箱看有没有类似月饼的食物，只找到一块自来红和自来白，还是三个月前国庆节时别人带过来的，硬邦邦的。她打开厨房的小灯，上次产检时医生说，胎儿生长受限，B超的腹围比两周前检查小了两厘米。医生让牛莉回家多喝孕妇奶粉，牛莉每天早晨都放在脱因咖啡里两大勺。她咬了一口自来红，又咬了一口自来白，感觉很困扰，这到底有什么区别呢？没有区别，她又咬了一口自来白和自来红，还是没有区别。她忽然喃喃自语：肚子里的小胎儿要吃东西啦。可是很腻，吃了四口，牛莉就吐了，但她从没感觉这么幸福，一个人吃东西，同时又是两个人吃。以前只是快乐，如果有人和她说，快乐的反义词是幸福，她也绝不反对。

中国的春节已经有五千年的历史了，但是接下来即将到来的七天比五千年还长。牛莉因为自己的肚子，没有亲戚需要串门，她打算在家中写完一首送给宝宝的曲子。创作不是为了得到什么，而是认清自己得不到什么，即将当母亲了，她总是得出这种过尽千帆皆不是的结论。

春节到来，街上的人很少，没有过年的欢乐，反而是个别人六神无主地走在街上。很奇怪，今年老金没有组织“无家可归局”，再见到老金，大概要正月十五之后了。据说，老金带夫人回山西老家了。牛莉不禁想：老金要吃很多醋了。

音乐创作仅仅持续了半天，大年初一傍晚的时候，“话剧李”忽然来电：“和几个话剧的聚会否？”

牛莉合上笔记本电脑，对王波说：“我们躺一会儿就出门吧。”她的体力大不如前，和王波躺在床上时，她想：音乐并不重要，真的有必要为肚子里的孩子创作什么吗？什么样的创作比得上造物主对他的眷顾呢？

就在这个时候，她听见楼下的门铃响了，王波起来开门。快递送来了一个大箱子，王波在客厅大喊“什么呀”，牛莉说：“好像是我买的婴儿衣物洗衣机。”

牛莉去拆箱子，王波组装。他已经组装了很多东西，婴儿床、婴儿椅。看着具体的床和椅子，胎儿就已经存在了，这并不仅仅是一个想象中的胎儿，预产期就这一两天。

组装完成，牛莉忽然发现卫生间只有一个接水龙头，她把大洗衣机的龙头拔掉，用了一番力气，再安上小洗衣机的龙头，又用了一番力气。她到床上躺了一会儿，感觉肚子有点儿痛，但并不像老中医说的剥皮。她又想起钟总说预产期都不准，不会真的是这一两天吧？她还答应了“话剧李”一块儿吃饭呢，也真的很想见一些话剧朋友，这样以后可以有免费的话剧看。她想：大老板的话都不可信，准不是这一两天。她又想起，自己不就是大年初二生的吗？那一年的那一天，正好立春。

牛莉对王波说：“你把前两天给婴儿买的和尚服都放在小洗衣机里，然后用婴儿专用洗衣液洗。”王波在客厅翻了很久问牛莉：“什么和尚服啊？”

牛莉的肚子又是一阵痛，她提高音量说：“你什么都没给他买过。”

王波说：“你要我给他买什么？”

牛莉说：“你也什么都没给我买过。”

王波说：“你是要我给你买东西，所以才跟我结婚吗？”

牛莉说：“你不爱我和孩子。”她依然很轻易得出这类终极结论。

王波举着一件连体衣，把头探进卧室问："是不是这个？"牛莉"嗯"了一声，

"连体衣就是连体衣，干吗叫和尚服？"王波说，"还洗什么？裤子买了吗？"

牛莉说："你别跟我说话了。"

过了一会儿，她听见卫生间小洗衣机启动的声响，噪声很大。她没有买很贵的，只是买了一款中等的，因为打折，于是更便宜了。

"什么时候走？"王波洗了手问。

"我肚子有点儿痛。"

"啊！"王波说，"那去医院吧。"

"也不是特别痛。"牛莉说。

王波过来，把手放在牛莉的肚子上，牛莉的肚子并没有很大，这让他们两个人都感觉失去了一点象征性。

又躺了半个小时，"话剧李"的微信来了，问到哪儿了。"话剧李"就是这样的人，和他说好的事情多半要做到。牛莉说堵在路上，说完之后觉得不对，春节，都没有车，怎么会堵在路上呢？她的肚子忽然也没那么痛了。她穿上保暖内衣，把防辐射服套在外面，看上去正像一个孕妇应

该有的样子。

路上果然不堵车，可是牛莉的肚子又开始痛了，比之前更痛。她改变主意对王波说："去医院吧。"从临盆那天开始，牛莉就一直把大白本带在身上，大白本是医院特定的孕妇手册，车直接开到急诊室。

到了急诊室，牛莉却进不去，因为她的健康宝出现了弹窗，她近期在网上给王波买过痔疮药。痔疮也和疫情有关？她向保安解释，保安说："没准儿痔疮也和疫情有关。"

测过血压脉搏，缴费之后，牛莉只能被临时安排进大门口一间单独的屋子里，很冷。牛莉扒开裤子看是不是流了血，就像已经截肢的人总是幻想自己的肢体会痛一样，牛莉总觉得下面在流一些东西，摸了摸，什么都没有，仅仅是一些分泌物。怀孕的人总是分泌物更多一些，这和激素有关。牛莉很怕自己肚子痛又流血，王波在外面喊她。

牛莉听见王波喊她，就回应了一声，王波再喊，她再回应。王波找不到她，不知道她就在保安旁边的这间小屋子里。牛莉把大衣裹了裹，躺在床上，看着白炽灯。电话响了，王波问："你在哪儿啊？"牛莉起身，她这次就像被放了慢动作。王波又问牛莉拿社保卡了吗，牛莉的火气刚要上来，自己又给压下去了，她本来想说：“你缴个费还要弄丢我的社保卡吗？”但牛莉这次十分心平气和地说：“还有电子社保卡，没事儿。”王波说“那你给我”，牛莉说她不知道怎么在微信里找。王波又跑到缴费处去问，回来的时候碰见刚才量血压脉搏的护士，问护士拿了社保卡吗。王波又去护士台找，急诊室里只有很少几个人，不到十个人。过了一会儿，牛莉听见王波喊：“找到了。”

护士让牛莉从小房间出来，说这里也不行，要去另外一栋隔离楼。

三个人刚走出门，牛莉抬头一看，下雪了，薄薄的一层，真是瑞雪兆丰年，多好啊！地上被路灯照得亮晶晶的，红色的“急诊”两个字很显眼，就像两个大灯笼。护士走在前面，王波扶着牛莉，在后面走得很慢。牛莉想到早晨在客厅窗外看到的一排小鸟，下雪了，这些小鸟要紧急搬家了吧？

整栋隔离楼里都没有人，护士进去之后开灯，牛莉去找卫生间。护士说：“先别小便，要做B超。”牛莉直接走到卫生间，拿一张卫生纸擦了一下，没有血。她觉得自己有点儿神经过敏了。如果一直想一件事情，就是在滋养一件事情，王波说得没错。坐在走廊里，她从来没有来过这么空旷的医院，节日，夜里，急诊，隔离楼……她要王波拿纸杯去给她接一杯水，她继续憋尿。

王波拿着纸杯对护士说："这个水好烫。"护士说："晾着就好了。"

牛莉觉得他们说出了这世上最朴素的道理。她让王波再给她接一杯水，晾着。

护士甩了甩体温计，让牛莉夹在腋下，牛莉已经很久没有用这样的体温计了，这无疑证明这样的体温计更准确。她又去测了血压脉搏，牛莉的高压一直有点儿偏高，低压一直有点儿偏低，压差很大，她想或许这正是自己情绪变化不定的原因。与此同时，她又把问题回答了一遍，为什么健康宝会出现弹窗？因为去医院买了药。买了什么药？痔疮药。去过瘟疫地区吗？没有。接触过发热病人吗？没有。以上回答如实否？如实。

牛莉把体温计拿出来，不高也不低。水的温度也刚刚好，她一饮而尽，尿意更多了一些。她问护士："医生快来了吗？"

护士打了个电话说："医生在手术，做完了过来。"然后带着牛莉去了一个诊疗室，往常，王波都要等在外面。如今，因为整栋楼只有三个人，王波自然就进来了。他第一次进这样的诊疗室，一个检查床，铺着粉色的一次性床单，但并不像其他诊疗室一样两侧有仪器，监护仪或B超检测仪器。办公桌上也空空如也，桌面上方贴着医院的守则，类似“几大注意”，旁边一个不锈钢柜：一层是一次性床单，二层是药品，诸如此类。

护士让牛莉躺在床上，“要脱裤子吗？”牛莉问。

“听一下胎心，露出肚子就行。”

先是一系列嘈杂的声音，涂了凝胶的肚皮很凉，护士穿着隔离防护服，检测仪器在她的肚子上移动，牛莉感觉过了老半天，都没有听到有规律的“咚咚”声，她闭上眼睛，一切走入正轨，坐起来之后，牛莉没有问，也不敢问。护士拿了两根很长的棉签，一根捅到嗓子眼儿，一根捅到鼻根部，采集咽拭子和鼻拭子，鼻拭子果然更痛一些，她想。后来又抽了两管血，一管是瘟疫抗体，一管是基本血象。护士把血样放好，对牛莉和王波说：“给你们留一个电话，如果有事，就打这个。等医生手术过来给你看B超，顺便也等一下你的检验结果。”牛莉用手压住针眼儿说“好”，想了想又问：“那医生大概多久做完手术？”护士说：“等你的结果出来了，她肯定做完手术了。”牛莉问：“那结果多久出来呢？”护士说：“等她的手术结束了，你的结果就差不多出来了。”“哦。”牛莉说。护士又说：“如果有事，就打这个电话。”牛莉看了一眼挂在墙上的钟表，已经快晚上7点了，往常，她最喜欢看的一档综艺节目就要开演了。护士走出隔离楼，又忽然想起什么，回来说：“你们就在这个屋子里待着，其他屋子，我开了消毒灯，对眼睛不好。然后，如果有电话，你们就接一下。是我打的，不会有别人了。”护士又强调说。两个人点头答应。牛莉让王波也喝一杯水，既然不知道什么时间做B超，她就不敢再喝了，王波忽然想起什么，说：“不然我出去把车从急诊室那开过来，一会儿就不用走路了。”牛莉说太麻烦了，王波说不麻烦。牛莉说太麻烦的意思就是别去了，她不担心自己，因为有应急电话可以打。她觉得一个人在一栋医疗楼里很恐怖，甚至还有更恐怖的想法，但她觉得不应该说出来。

躺在诊疗床上，盯着天花板，牛莉发现自己从来没有这么专注过，很多人称之为最高贵的“无用的专注”。她已经没有三维了，只有脖子和脚脖子还瘦一点。

大概过了一个小时，牛莉的核酸结果出来了，她被重新带回急诊室。自始至终，都没有一个做完手术的医生。她想，这仅仅是一种说法。

重新回到人群，虽然只是零星的人群，牛莉想："话剧李"肯定已经吃上了，她让王波给"话剧李"发了一条信息。牛莉坐在急诊室外的塑料椅子上，她很难形容这是一种什么感觉，急诊室的人很少，不到十个人，看来大家都会挑时间生孩子，谁会在春节生呢？医生不过节吗？有两三个人看着肚子很大，其他人不知道是什么原因，牛莉测完血压后进到一个屋子里，医生让她张开腿躺在检查椅上，带着塑料手套看了两下说，没有开指，有宫缩，等到晚上12点再查一次。牛莉看这个塑料手套很眼熟，王波也有，他犯痔疮的时候会用到。

"那我不能走了？"牛莉问。

"你还想去哪儿？"

牛莉回到外面的塑料椅子上，王波在结账，牛莉问多少钱，王波说700，牛莉想了想之前的检查费用，加起来也就两三千，她不由得想到，自己太节俭了。她想起有一年去一家私立医院打狂犬疫苗，普通挂号费是1000，专家挂号费是

2000。当时，牛莉对私立医院的人说：“再见。”也并不仅仅是因为缺钱，可以说，完全不是因为缺钱，她就是觉得自己被欺负了。

王波在椅子上又看了一会儿朋友圈，很快睡着了，椅子很硬，牛莉不管往左边靠还是往右边靠，肚子都越来越痛。王波的朋友圈没有关，她听见里面一个视频，声音很响亮，急诊室很安静，牛莉拿过王波的手机要关上，她刚一碰，王波就醒了。牛莉说：“我肚子痛。”王波说“你别想了”，这句话的效果等于让牛莉去喝一杯热水。王波重新把手机打开，又传出视频声。牛莉起身去卫生间，女卫生间正在打扫，她直接走进男卫生间，一位女士正好从男卫生间里出来，看上去更痛苦，整个人没有办法直着走路。牛莉还可以直着走路，如今直着走路已经是一种奢望，孕妇就像一种没有进化好的生物，肚子有很强烈的下坠感，在洗手池，牛莉看见自己出门前化的妆（或者说为那些话剧朋友们化的妆）已经花了。她刚从卫生间走出来，就听见一声接着一声的尖叫，正是刚才从男卫生间里出来的女士，她的老公正扶着她，在地上做深蹲。牛莉绕过他们，看见王波也在卫生间门口。王波正在用手机偷拍做深蹲的这对男女，但牛莉知道，他并无恶意，对他来说，一切都是崭新的，就像孩子第一次逛动物园。

扶着牛莉，王波说：“我找到了一个好地方。”

牛莉跟着他，往写着“EXIT”的一个亮灯出口走。牛莉看见一排椅子，中间没有扶手，因为宫口没有开，她没有床，这排椅子正好可以当床，这个通向出口的通道很空旷，以至于这么多椅子都没有人坐。牛莉不禁想，这里是去哪儿的呢？但是，她并没有进一步想。牛莉躺下来，和王波头对头，她看见走廊尽头有光，还听到了尖叫的声音，一阵比一阵紧。还是刚才的女士，可是椅子很硬，也很冷，牛莉裹着大衣，她听见王波的呼噜声，又一阵疼痛，牛莉哭出了声，她很容易哭出声，也可以忍住，但她现在不想忍，她要吵醒王波，她越哭，声音越大，和走廊尽头的声音形成呼应，王波翻了两个身才起来，牛莉抱着他的肚子，她感觉这么抱一会儿，王波又要睡着了。

很漫长的时间。离医生规定的检查时间还有一个小时，她看了下“话剧李”的朋友圈，想知道自己错过了什么，“话剧李”与老金不同，老金逢吃饭，必发朋友圈，就算是没去的人，也知道他吃了什么，是不是吃了花生和毛豆。

“话剧李”的朋友圈还停留在三天前，是一条牛莉觉得挺没意思的内容。

王波让牛莉现在就去检查，牛莉说还差一个小时，王波说不差了，牛莉走到检查室，医生果然不在乎是不是还有一个小时，这让牛莉感觉她应该早点儿过来，如果宫口还不开就回家，躺在自己的床上不好吗？如果开了，那就一直等着开下去。她想起几年前网上看到的一个类似油画的调色盘，从一指到十指，一指大概就是一个小西瓜籽儿，十指就是一个大西瓜或其他什么水果，她当时被那张图片吓坏了，或者说，她被那张图片恶心坏了，谁会想到自己的身体从西瓜籽儿变成西瓜呢？午哥说自己和老婆离婚，就是因为看到了老婆分娩。这句话要是一般人说，准会觉得此人不道德。但牛莉想：午哥的话是真的。牛莉显怀的时候，午哥曾很认真地对王波说：“千万别看牛莉分娩。”如果他不这样说，一般人多半没什么兴趣，他这样说，反倒让人有了几分兴趣。

医生说，开了半指，继续等着，天亮了再过来检查。牛莉问：“什么时候天亮？”

所有人都在盼望太阳，没有人盼望月亮。

医生懒得回答这个问题。牛莉想：因为这个问题太深刻了。又说："宫口开了不到一个小西瓜籽儿大？太痛了。"牛莉从检查床上下来，提裤子，穿鞋，把粉色的一次性床单扔进垃圾桶，医生又让牛莉去了另外一个房间测宫缩压。她侧卧在一张小椅子上，房间里大概有十几张椅子，孕晚期的时候，她每周都要来测一两次，主要是测胎动，胎动很难自己数，医生说是因为她不敏感。她想：我还不敏感吗？孕晚期的时候虽然有宫缩，但压力并不大，也不觉得痛，此时此刻，平均几分钟，压力值就到达100，网上说，痛经的最大指数是10，而机器达到100之后就不再往上走了，所以理论上，牛莉平均每两三分钟就在承受十倍、十几倍甚至几十倍的痛经。当压力值达到峰值的时候，她就把自己的尖叫和图像一起录下来发给老公王波，王波在外面的塑料椅子上回信息说："这也太痛了吧。肯定不对，要找医生。"牛莉想：能有什么不对的呢？

她对王波说："那你试试掐自己。"

过了一会儿，她又说："算了，你就算掐自己，也没我痛。"

牛莉想起一件事：怀孕大概7个月的时候，她去一家私立医院给胎儿照四维彩超，其实是想看看胎儿的性别。那家医院更像一个私立诊所，二层是四维彩超室，一层是分娩体验室。因为胎动不明显，彩超里的胎儿一直背对着摄像头，医生让牛莉去溜达溜达，她就溜达到分娩体验室，不光女的可以体验，男的也可以体验，体验仪器看着很简单，就像路边美容院里的一台美容仪，旁边是一个沙发，后面还支起一个易拉宝，写着“为爱挑战、感同身受”。

看见这个屋子，她连医生能不能看到胎儿的性别都开始存疑。易拉宝的下面还写着一些更惊心动魄的宣传语：12根肋骨同时断掉的痛、小腹曲线形爆炸的痛、用大锤抡小腹连抡数小时的痛……

牛莉现在回想，如果只是为了制造惊心动魄的氛围，都不如老中医的一句“剥皮”好。

体验仪器的大概原理很简单，就是把左右两个电极片贴在体验者的腹部。牛莉当时感觉到了胎动，就重新回到二楼，她想自己绝对不会让王波体验，因为，万一没这么痛呢？价钱倒是很便宜，体验价70元。她不知道除了体验的价格，还有什么能吸引人去体验的。

此时此刻，躺在急诊室里，机器偶尔发出很刺耳的响声，提示胎动异常，但是没有一次有医生过来。牛莉想：可能就和抽血的指标一样，正常值是10，如果你是10.1或者9.9就会响，可是人不会因那0.1的差异而死。看来并没有超级异常，但她依然觉得很刺耳，闭上眼睛，放下手机，大口呼吸，她忽然知道如何形容这种疼痛了，老中医说得也不对，她想，这实在太痛了，就像在身体很深的地方，很深很深，如果不是这种痛，人不会知道身体里还有这样一个地方，好像已经连通到别人的身体里了，但这是不可能的，确确实实就在自己的身体内部发生。

检测半个小时，护士过来，给她拿掉身上的仪器，指了指墙上的抽纸，让牛莉自己去擦身上的黏合剂。护士把长长的一条检测纸撕下来，有一米长，让牛莉拿着去给隔壁的医生。

走出检测室，牛莉看见王波站在走廊尽头，走廊尽头有一个医生和一台血压仪，所有的家属只能在医生和血压仪的外面，是一条明确的分割线啊。牛莉看了看墙上的钟表，已经夜里一点了，她想起曾经带王波去过一次夜里的急诊，大概也是一点的样子，一点看上去，比晚上十二点和凌晨两点更像夜里。一点是丑时的开始，按古代的说法，鸡都叫了。她忽然有点儿心疼王波，给他发信息说：“你怎么不去睡觉了？”王波回复：“你吃东西吗？”牛莉说：“你吃吧。”王波又回：“检查有事吗？”牛莉说：“还不知道。”

其实多半没事，可是牛莉为什么非要说还不知道呢。她觉得自己不心疼王波。

急诊室的两三个医生跑来跑去，看上去发生了非常紧急的事件，这让她不由得紧张起来。她看见之前在卫生间门口做深蹲的女士被搬到一架移动的床上，她的老公小跑着跟在后面，一个医生对另外一个医生说：“羊水破了。”

牛莉忽然想到老中医说的，羊水千万别破，破了就不好生了。为什么不好生了？他也不说了，应该就是干了，都没有水了，能不干吗？简直是一句废话。牛莉知道，所有的孩子都应该被祝福。于是，她祝福这位羊水破了的妈妈。古代不光有生殖崇拜，也有羊水崇拜。这样想着，牛莉的肚子又痛了起来，并不比之前更剧烈，但是比之前更密集，王波这个时候发信息过来说：“门口有一个吃小面的地方，我能去吃一碗吗？”牛莉回复：“那你吃两碗吧。”因为她想，不会有人因为看到这条信息而真的吃两碗。何况，他都这么胖了！整个孕期，牛莉涨了15斤，王波也涨了15斤。如果王波的肚子里没有一个真真实实的孩子，牛莉都觉得不合理。

过了很久，牛莉感觉真的过了很长时间，就像小时候和奶奶躺在一个棉被里，奶奶讲的故事开头，很久很久以前或者在山的那边、海的那边，大概就是这样漫长的时间。一个很年轻的医生，沾着假睫毛，看上去就像随时可以脱掉防护服去跳舞。这个医生看了牛莉那一米长的纸条说："继续等着吧。"

牛莉重新回到塑料椅子上，急诊室里的人更少了，刚才的一小阵忙乱也已经消失，保安打着瞌睡，因为根本没有人从旋转门里进来。贩售机里的口罩有1元一只的，也有25元一只的。贩售机旁边有一台更高的贩售机，里面是矿泉水和各种各样的饮料，还有牛奶和奥利奥。牛莉记得自己最后一次去产检时，医生让她在待产包里准备一些牛奶和巧克力，那次产检之后，牛莉买了很多巧克力，但是在今天之前，她都吃光了。如果冰箱里有一个柚子，牛莉也会一直想着把它吃掉。这也许是某一类人的心理疾病，她想。

现在，贩售机里有奥利奥，也有巧克力。她想起一个笑话：如果只吃奥利奥中间的白色部分，就叫"吃丽丽"。

但，这也算一个笑话吗？她连笑都不敢了，所有会增加胎动的因素都要避免。

在塑料椅子上坐了一会儿，牛莉打开老金的朋友圈，发现第一张照片是老金和自己的冰箱的合照，又往下翻，老金依次和家里的几大件合照。当然，如今已经没有几大件的概念了，但老金家里有，老金的冰箱看上去用了很久，是那种上面冷冻、下面冷藏的黄绿色冰箱，也说不好是黄色还是绿色。看来老金回山西仅仅是谣言，可是，谁会制造这种谣言呢？她给王波发信息说：“老金搬家了？”

除此之外，老金的朋友圈里还有另外一些奇谈怪论，比如：有人喝多了，自己就不多喝了。牛莉想：这里面到底有什么因果关系呢？她还从朋友圈里得知，老金和老金夫人吵架了，因为老金写道：某一类女人连呼吸都在说话，女人的安静会变成女人的外貌。

她想这一定是老金嫌夫人话多，绝非赞美。有时候她觉得老金是堂吉诃德或者更愚蠢的桑丘，但是，如今已经没有一个到处是风车的旷野了，老金注定失败。在错误的时间和地点，一棵树自然生长也是问题。或者说，老金太聪明了，这不是结果而是原因。于是，这些至理名言只能飘在风中。

王波没有回复，大概正在吃第一碗面或者第二碗面。

可是老金怎么会搬家呢？老金的房子是军产。每次喝多了，老金都握着牛莉的手说：“我有两套房子，一套是军产，另一套也是军产。”并且每次都是王波在场的情况下，这仅仅是一种有趣的游戏。牛莉每次都说：“我也有两套房子。不对，我有三套房子。”

眼下，老金会住到哪里去呢？另一套军产是他的父亲在住，老金的父亲已经100岁了，明年101岁，后年102岁，之所以这么说，是因为毫无悬念，他会一直活下去，成为挡在老金和军产面前的一道永恒的墙。老金说：六十而知天命，自己每次见老父亲都要穿西装，证明我现在还不知天命。

牛莉想，不对，其实这就是老金的天命。

人总以为还有另外的天命在等着自己，其实没有了。

牛莉看着墙上的钟表，快两点了，什么时候天亮呢？是不是升国旗的时候？升国旗的时候就是自己宫口开了的时候，当然也可能没开，没有一种规律说平均一个小时开一指，或者两个小时开，也可能三个小时都不开，也可能十五分钟就全开。

更重要的问题是，此刻，没有一种合适的姿势。牛莉旁边有一个男的，一定是家属，一直在打呼噜，如果只听声音，她会以为是王波正在打呼噜。她的另外一边是一个看上去比她还要高龄的产妇，肚子并不大，但表情很痛苦，表情是可以传染的，所以牛莉不敢看她。她闭上眼睛，要是能睡一会儿，哪怕就一小会儿，该有多好。她不知道生产是一个很缓慢还是很快速的过程，明天这个时候会发生什么呢？

模糊中，天亮了，她梦见一个废墟，是环形的，里面有一个浴缸，浴缸里面有水——源源不断的水，更离奇的在于浴缸外面还套着一层浴缸，她看不清楚是谁在里面泡着，只要有人进去，水就会漾出来，漾在外面一层的浴缸里，她想告诉里面的人不要躺下去……她醒了，做了双重的梦，或者说她两次入侵了这个梦。她甚至在想：这个梦是不是肚子里胎儿的梦？

她不知道王波是否回来过了，还是一直在吃面，就像《千与千寻》里变成猪的千寻父母，一直在吃。再检查的时候，宫口已经开了一指，医生说开到三指就可以去分娩室，如今她与第一阶段的胜利只差这两个手指头的距离。牛莉因此有了一个简单的床位，重新做了核酸检测，因为这是疫情蔓延的城市和季节。这张床和另外一张床之间用蓝布屏风围了起来，屏风下面是轮子，旁边床的家属进进出出，她的屏风就要移动一下，看上去，她的屏风很有礼貌。旁边床的孕妇正在吃奥利奥，她忽然想到羊水破了的那个孕妇，是不是连孩子都生出来了？她觉得老中医说得不对，甚至觉得老中医整个人都很值得怀疑。她感觉自己痛得有点儿精神错乱了。

她想父母应该起床了，给他们发了一条信息：“我在医院等着生。”她和父母单独有一个群，虽然她想不出来有什么话要背着王波和父母说。这个群一直都在，没有加人。大概距离预产期还有一个月的时候，父母给了牛莉10万元，没有让她和婆婆说，父母不想让婆婆再给钱。牛莉第二天就和王波说了，过节那几天，婆婆也给牛莉打了10万元。牛莉又和她父母说了。

看着眼前的鸡蛋和鸭蛋，她想：不对，王波早就回来了，回来带了蛋，又重新坐在了外面。牛莉剥了一个鸡蛋，又剥了一个鸭蛋，她只吃鸭蛋黄，小米粥很浓，她喝过很多粥铺的小米粥，有的浓，有的不浓，到底有没有标准做法呢？很大的一碗，她只喝了两口，胃里一阵反酸，就跑到卫生间去了，也不能用“跑”形容，因为她一旦跑起来，就会有医生大声说："前面那个孕妇，跑什么跑？"

重新回到床位，又到了检查时间，平均每半个小时，就有一个男医生来给她看宫口、测胎心。男医生的话很多，大概是因为他知道自己是男医生，所以要比女医生更像一个女医生，不仅话多，而且格外体贴。牛莉感觉医生很紧张，因为他实在太体贴了，好像因为心虚。牛莉不需要体贴，她来公立医院，就不是为了体贴。她是高龄产妇，甲状腺有问题，脐带绕颈两周半，生长发育受限，她连破伤风针都不敢去私立医院打，她要来这里，必须来这里。

医生把帘子拉开，问牛莉是不是叫牛莉，与此同时，让她脱裤子检查子宫，从来没有一个人让牛莉脱裤子的同时还跟她确定是不是本人。医生瞥见床头柜上的小米粥，床头柜下面是待产包，上面是一些生活用品。医生问牛莉怎么不吃。

"都吐了。"牛莉说。

"吐了也要吃。"

牛莉想说"吐了怎么吃"。想到自己怀孕的过程，她吐过很多海参、燕窝、鱼翅和鸡鸭鱼肉，有点儿暴殄天物。

"现在不补充体力，没有办法生。"医生说。好像生孩子是去拉两车煤。

牛莉说一会儿就吃，但她只是说说而已。她对自己的体力有充分的把握，因为她平时实在吃得太多了，三十多年来，她都吃得太多了。医生把手伸进去，说："还没开，从一指到现在，毫无变化。"就像小说里写的，可能明天就来，可能永远不来。牛莉头顶的胎心监护一直在叫，她听见男医生对另外一个医生说："每次宫缩的时候，胎心就掉下来，要密切监护。""密切监护"四个字让牛莉觉得自己是某类濒临灭绝的珍贵物种，她用手摸着肚子，病房里的白炽灯很亮，长管形，小米粥已经有些凉了，接下来会越来越凉。她把剩下的鸡蛋和鸭蛋黄拌在粥里，吃了一口，父亲的信息过来了，她回复了一个"好"字，后面是"带公公婆婆去潭柘寺"。公公婆婆数天前已经从老家来到了北京，原计划今天就是去潭柘寺旅游，父母陪同。先有潭柘寺，后有北京市。潭柘寺和戒台寺是联票，如果一起去更划算。潭柘寺距离市中心三四十公里，就是说距离牛莉三四十公里，始建于西晋永嘉元年，距离现在大概1800年或1900年，但不管多少年，都没有肚子里的胎儿古老。牛莉深知，所有的胎儿都是他自己、他的父母、祖父母、外祖父母、祖先，甚至是西晋的祖先。牛莉回复："好好玩。"但她深知，没有人会好好玩。

当她回复"好好玩"的时候，她正在剧烈地痛，她希望越痛越好，痛死了，就可以生出来了，从来没有一种痛，让她这么有成就感。自己写过的音乐、得过的奖、爱过的人、爱过自己的人，忽然，都比不上这样一件简单的事更有成就。不过实在太痛了，牛莉转念想：他×的，再也不生了。在她整个孕期，她都在想，她会生二胎、三胎……如果一直生下去，又有什么大不了的呢？可是，现在太痛了，绝对不生了，谁说都不生了，是男是女都不生了。但是这种想法仅存在于阵痛的时候，好了伤疤忘了痛就是这个意思。

父母和公公婆婆大概不会去戒台寺了，牛莉想，这样一来，在网上订的票就没有这么实惠了。

时间到了中午，牛莉已经在这里坐满12个小时。王波对牛莉说，他要再去吃一碗面。这让牛莉很困扰，那碗面到底有多好吃？

牛莉和王波也算一见钟情。曾经有某个女作家形容一见钟情的感觉，就像从桥上跳下去自杀。牛莉觉得那位作家写得很差，但这句话说得极为准确。或者说，也不是那位女作家写得很差，而是牛莉有一种偏见：所有女作家只要写情感，就都很差。女人就应该好好活着，不要折磨自己。那位女作家还写过另外一句名言：结婚，就是一男一女抱怨为什么要一起生活，还要生孩子。那位女作家叫于一爽，写了几句大言不惭的至理名言之后，果然也离婚了。

当初的牛莉也想不到，自己一见钟情的是一个这么喜欢吃面条的人。

终于开到了三指，值得庆祝。王波赶了回来。

去分娩室的路就是昨天夜里两个人去睡觉的那条走廊，她在走廊里听见很多叫声，混合着新生儿的哭声，可还是叫声更多一些。牛莉坐在轮椅上，被推进其中一间，这一切发生得非常快速，王波要跟着进来。护士说："你要干吗？"王波说："我不进来吗？"护士说："没你的事儿。"牛莉不知道怎么就没王波的事儿了。护士让牛莉快点儿换衣服，牛莉痛得没有办法从轮椅上坐起来，眼泪哗哗地掉，她把衣服脱了，新换上的连体衣没有兜，牛莉问护士怎么放手机，护士隔着门缝喊牛莉家属，王波伸进来一个脑袋，护士把手机递过去，门关上的时候，牛莉对王波说，密码是123456（这个密码说明他们夫妻之间真的没有秘密）。接着，牛莉问护士没有手机，怎么和自己家人联系。护士说：“你想得还真多！”她还想和护士说一句：“让我再见见老公。”她的情绪还没有来得及酝酿，护士说：“快点脱袜子，穿拖鞋。”牛莉声音很小，说：“阿姨，太痛了，让我坐一下吧。”于是，两个护士商量起来，一个干脆对另外一个说：“那就让她坐一会儿吧。”牛莉就这样在分娩室门口换衣服的凳子上坐了几分钟，她也不知道有几分钟，或者一分钟，或者不到一分钟，她听见其中一个护士说“差不多了”，里面也有医生在喊牛莉的名字：“牛莉，人呢？不是推进来了吗？”

分娩室的床位很紧张，怀孕还不到三个月的时候，牛莉就已经申请了这所医院的床位。与此同时，还做了几项工作，包括：有胎心胎芽确定为宫内活胎就要去社区办理“母子健康档案”、进行高危评估、去围产内分泌代谢科完成免费营养代谢筛查指导，还要完成线上孕校学习及心理健康筛查。孕妇的高危评估分五个颜色，绿色是风险很低，因为不存在零风险，每一个胎儿在出生之前都是盲盒，即薛定谔的猫，接下来是黄色、橙色、红色。牛莉是黄色，还有一种紫色，通常不建议继续妊娠。完成了免费的营养代谢筛查指导，牛莉的颜色也是黄色。医生当时建议再花250元做一个人体成分分析和营养快速评估，油、奶、大豆、坚果、鱼、禽、肉、蛋、蔬菜、水果、谷、薯各多少克，都需要牛莉分别回忆。人体成分分析显示牛莉的身体总水分、蛋白质、无机盐、体脂肪、体重、骨骼肌、躯干、上下肢的肌肉、内脏脂肪面积、细胞内外水分、基础代谢率、腰臀比、身体细胞量等，还有一些百分比、指数、比率。另外有两项，她也不清楚：全身相位角和生物电阻抗……牛莉看着这些成分，忽然不认识自己了。

此时此刻想到这些，想到这台人体成分分析仪，牛莉忽然觉得它很像分娩体验仪，看上去正像一家公司制造的。剧烈的疼痛又来了，医生好像知道她在乱想，于是说："什么都别想。"

换好衣服的牛莉被拉进一个分娩室，有一张床、一个写字台，还有很多她不认识的机器闪着光，躺在床上依然是检查宫口、胎心监护、血压，依然是宫缩的时候胎心往下掉。写字台上一个护士看着牛莉已经破烂不堪的大白本说："怎么这么破烂，放在一个文件夹里不好吗？就这么邋遢，还当妈呢？"她看见护士拿着胶棒在一页一页地粘。"怎么缺检查报告啊？”护士一边粘一边说。牛莉说：“都在里面，有点儿乱了。”然后又一个劲儿地说对不起，好像不说一百遍“对不起”，自己就生不出孩子一样。

这个时候，隔壁的分娩室一直报警，她这里的几个人就都一哄而散地跑过去了，过了一会儿，牛莉看都没有人进来，她的检测仪也一直在响，看着纸上的曲线，胎心有几次掉到了安全线下面。她徒劳地喊老公，忽然意识到王波对她这么重要。为什么打碎了两杯牛奶，还要骂他呢？她听见楼道里忙忙碌碌，顷刻，进来一个护士，直接走到写字台，看着牛莉的大白本，说：“怎么这么破烂，放在一个文件夹里不好吗？”一模一样，可是牛莉保证，这是另外一个护士了，刚才的要胖一些，这个明显要瘦一些。她又一个劲儿地说“对不起，对不起”，不知道为什么要说对不起，除了有点儿邋遢，她不知道自己做错了什么。护士继续拿着胶棒一页一页地粘，牛莉想，她们说得也没错，还当妈呢？可是眼下，自己不就是要当妈了吗？她又想，之前那位男医生一定不会这么说。她的胎心监护又预警了，写字台前的护士看都不看一眼，这反而让牛莉很放心。如果连护士都不看，这多半仅仅是一些小小的提醒。又痛了几轮，一轮比一轮紧凑，就像《琵琶行》里写的“大弦嘈嘈如急雨，小弦切切如私语。嘈嘈切切错杂弹，大珠小珠落玉盘”。没有小弦切切，全是大弦嘈嘈。牛莉闭上眼睛，心想：家人肯定在潭柘寺给她烧香拜佛。自己的母亲不管去哪个寺庙，都要烧香拜佛、捐款，尤其是捐款，每次过生日，还要买一些小泥鳅放在河里跟它们说：“游走吧，游走吧，不要再被抓回桶里。”每次她都在菜市场买最小的泥鳅，卖菜的都说：“这样红烧起来不好吃哇。”

躺在产床上，牛莉不知道是不是要手术、是不是会出血、是不是要输血。

也许只要想别的，就没那么痛了。难怪关羽刮骨时还要读《春秋》，比如一个产妇在床上想到几条小泥鳅，滑滑溜溜，自自然然。也许自己未来的胎儿就是小泥鳅转世，这让牛莉感到一丝温柔。这个时候来医生了，医生看了监护，对牛莉说“再做一次，如果还是往下掉”，然后，他说了一个专业词汇，类似大滑坡或者大下坡，总之有点像泥石流的意思，或者20世纪20年代的西方股市大崩盘。同时又进来几个医生，直接就给牛莉做备皮、备血，也许在做之前也问了牛莉，但是如此迅速，牛莉都不知道发生了什么。医生说：

“如果继续掉，就马上剖宫。”牛莉想都不想地说：“只要胎儿没事就行。”因为任何一个妈妈都会这么说。在怀孕的时候，她想过很多，是顺产还是剖宫产，其实这一切都是多余的。她又想起李杨和自己说的：“人应该相信自己随机应变的能力。”听上去多像小商贩说的话，但谁说小商贩就不能有智慧呢？医生重新走出去，写字台前面的护士还在粘大白本，不停让牛莉回答已经回答了不下十遍的问题：年龄、甲状腺、脐带绕颈、胎儿生长受限，还有一些家族遗传等。忽然，牛莉在某一瞬间明白了，他们为什么要一遍一遍地问。是啊，没有人想有医患纠纷。这个念头很快就过去了，她一遍一遍地回答，偶尔还要说上几句对不起，她更多时间是在和肚子里的胎儿说：“宝宝，胎心不要掉下来。”因为科学杂志上说，胎儿在肚子里也知道妈妈要说的话，说三遍以上的话，如果不是谎言，就是祈祷。牛莉祈祷胎儿的胎心不要掉下来，如果这个时候王波在旁边就好了，外国的纪录片里，都是妻子一边面目狰狞地分娩，一边拉住丈夫的手，可是此时此刻，她的两手还在半空中，她知道王波在外面也一定不好受，等待者比当事人更不好受，一定是这样的，不知道有没有其他准父亲陪着王波一起。很快医生又进来了，对牛莉说“咱们先不剖宫产了”，又说“能自然分娩肯定是自然分娩”，于是，牛莉又被推出分娩室，去了隔壁房间。她的宫口开了三指，至少要开到六指，才可以重新回到这里。

隔壁房间有六张床，左右各三张，躺满了孕妇，大概都是和她一样的处境，有的人在叫，有的人在哭，或者是两种反应夹杂短暂的平静。牛莉被移到一张床上，接上尿管，几个医生在检测器上看着六个人的情况，偶尔他们也说一下晚饭吃什么。其中一个说，要去吃垃圾桶披萨。这不禁让牛莉想到自己的大白本，如今不知道被护士们粘成了什么样子。牛莉喊道“大夫，太痛了”，她希望有一只手可以伸过来握着她的手，但是，所有的人都在忙自己的。哭声和叫声此起彼伏，老半天之后，过来一个护士，盯着牛莉，然后伸出一只手让她握住。不管是平躺还是侧躺，无论怎么躺，这种剧烈的疼痛都跟随着牛莉，她看见四周人的表情，真丑。她想自己也是，一定很丑。如果自己是一个妇产科医生，年复一年、日复一日地面对这些丑到变形的脸，也一定没什么耐心，更不想伸过来一只手。牛莉宁可对着墙，她发现墙面很白，为什么可以这么白呢？“我想喝口水。”她对医生说，感觉身下的尿垫湿乎乎的，幸好一天没有吃东西，不然她准会在这里当场大便。她想到娱乐杂志上看到的那些女明星，生完孩子就抱着孩子对着镜头笑，化着淡淡的妆容，发型整齐。牛莉使劲儿掐自己的身体，只要是她能掐到的地方，她掐自己的脸，揉搓自己的脸。她看见旁边床的孕妇安静了，正坐着，医生拿着大概半米长的针管插进去。牛莉问护士："这是什么？"护士说："止痛针。"牛莉问："我能打吗？"护士说："你想打就打呗。"如此回答让牛莉十分吃惊，尤其是最后一个叹词"呗"。就像厨师在问披萨上是不是要多放一勺番茄酱，想放就放呗。

牛莉全力把孩子挤出来的时候，她的爸爸妈妈、公公婆婆正在医院楼下吃火锅，看来已经草草结束旅游了。当然，这是王波后来告诉自己的，而且王波说的时候打错了字，打出来的是：他们正在医院楼下握着火锅。

牛莉想：这是一句好诗。

与此同时，在外面的王波一直在签字，是不是要剖宫产，是不是要打麻药，是不是要保留胎盘，是不是要脐带血……

怀孕让牛莉有了很多体会，就像一个人在你身体里盖房子，你也不知道房子会不会倒塌。牛莉就这样想着，还没来得及打止痛针，就开到了六指，她问医生是不是打了止痛针就不痛了，医生说“因人而异”，让她感觉这完全不能叫止痛针，只能叫某种好运气或者坏运气，可是她已经开到六指了，忽然之间就开到了。医生说：“不建议打，会生得慢。”牛莉被重新推回一个人的分娩床，她已经可以进入第三阶段了。下身擦满酒精，医生让她宫缩的时候好好使劲儿。

几番下来，她感觉到胎儿的头要出来了。其实也不是感觉，是医生说“头出来了”。疼痛并没有缓解，痛应该叫出来，但如果叫出来就撒气了，牛莉几次没忍住，痛的时候没用力，气都撒没了，她周围有四五个医生，还有两三个护士，给她包围得密不透风。牛莉想：如果王波在，都没有地方可站立了。其中一个医生说：“生不生？这么多人都给你使劲儿，你自己干吗呢？”牛莉的声音很小，但她能感觉到自己很谦卑，一直在说对不起，虽然她也不知道有什么可对不起的。自己也不是故意的，难道她不想把孩子生下来吗？另外一个医生说：“你不好好使劲儿，卡在脖子这里了。”这让牛莉感觉恐怖起来，医生看着监控，说马上还有几秒，宫缩又来了，这次使劲儿，牛莉想握住旁边随便什么人的手，但所有人的手都在忙着，她只能用自己的左手抓住右手。憋住气，感觉有一部分尿液也跟着一起出来了，宫缩结束了，只能等下一次，医生说："再试一次，不行就要侧切。"牛莉还没来得及问什么是侧切，伴随着一阵强烈的疼痛，她听见"哇"的一声，接下来是很多声，她抬不起头，身体也不想动弹，但她知道，有一个生命离开了自己的身体，变成了独立的生命，此刻正在不远处的小盘子里。她瞥见其中一个医生把这团粉色的肉球拿过来，跟她说："看看，男孩，3000克。"医生让其中一个护士出门通知家属，不一会儿，牛莉听见外面喊："牛莉家属，谁是牛莉家属？生了。"后面的听不清了，大概走远了，不知道有没有说母子平安，电视剧里不都是这么说的嘛。房间里的人忽然减少了一半，她也分不清是医生还是护士，婴儿被放在了旁边的小托盘上。牛莉继续躺在分娩床上，婴儿哭了几下，就不再哭了。其实准确地说，不能叫哭，胎儿是通过胎盘由母亲供给氧气，一旦出生，这条通路被切断，就靠自己的肺呼吸了。第一声啼哭是肺已张开的表示，在西方，只有听到婴儿的第一声啼哭，才算婴儿来到世间，就像一台计算机，

“哇”的一声，开机了，然后就是：活去吧。

病房内，最恐怖的就是此刻，医生用力挤压牛莉身体内的血水，脱出胎盘，看上去这并不是一个人的身体，而是一块充满了秽物的海绵。如果说有什么比分娩还要疼痛，那就是此时，一天没有吃东西，她感觉有一点意识模糊，但她知道自己的胎盘正在远离自己的身体，大概在胎儿三个月的时候，胎盘在体内慢慢合成，如今，它已功成身退。

表哥曾经说过，牛子璇出生后，他在某个夜里驱车几十公里，把牛子璇的胎盘埋在了北京市最大的河流边。他还说，要等牛子璇长大成人以后，带她去看看，好像这是孩子长大成人后应该收到的第一件生日礼物。

接下来在分娩室的两个小时，牛莉吃了王波给自己买的盒饭，没有吃完，其实她一口都不想吃，但两个护士坐在旁边，她不好意思不吃，吃了几口，剩下的被护士打包送回病房了，两个护士小姐姐在谈论当下最火的一位明星的纳税风波，她们也应该娱乐一下了。婴儿在自己身边，还多少有点儿不敢相信。牛莉已经分泌出几滴乳汁，像黄油一样，婴儿小嘴一鼓，吸了一口。其中一个护士说：“这是国际规定的亲子时刻。”牛莉觉得很滑稽，亲子时刻还需要国际规定吗？牛莉不知道还有谁在门口，她迫不及待地想被推出去，像一个胜利者一样被推出去。

牛莉被推出了病房。她觉得自己的妆肯定都花了，但是谁会责怪一个英雄母亲是不是貌美呢？牛莉只看见老公和妈妈、婆婆。其他人都在楼下吃火锅，或者说“握火锅”。疫情蔓延，最多允许三个人来医院。牛莉妈妈一直在拍照，虽然有医生制止，但还是偷拍了几张。

婆婆手里拎着给产妇的理疗仪器——小神吹。婆婆热衷民间医疗，牛莉曾经在网上查过小神吹，广告词一共12个字——直达病灶、蓝光护体、创新科技。主打太赫兹能量光，据说能激活细胞、促进循环、直达患处。用婆婆的话说：“大健康，吹出财富来。”除此之外，婆婆还和牛莉说过一句话：“我是一切的根源。”据说这句话也是她在某次课程上听来的，可惜还没用上，牛莉就被推回病房了。

更没想到的是，牛莉被推出来的第一时间，王波在门口对她说：“我一直在给你签字，以后你去精神病院也要我签字了。”

这句话和老中医的“剥皮”同样重要。牛莉忘记是谁说的，最好的夫妻关系就是没关系。她想，可惜并不存在完全没关系的夫妻，至少还存在签字的关系。

只见到家人几分钟，牛莉就被推回多人病房，家属被隔离在病房外面。

所谓多人病房，就是有各种各样的情况：有和她一样刚生完孩子的，孩子就在妈妈的病床旁边；有生不出来孩子的，一直宫缩，一直不分娩；还有流产的……进来一个护士，让牛莉不要下床，又在牛莉的床上铺了一张尿垫，让她就在尿垫上小便，并叮嘱她“一定要小便”。

牛莉上网查了一下：产妇生产后不排尿，被称为“尿潴留”，这种情况较常见。子宫前方就是膀胱，分娩过程中，子宫持续收缩，加上盆底组织持续往下用劲儿，对膀胱造成机械性压迫、物理性损伤，导致膀胱过度疲劳，其神经组织亦产生较小的瘫痪状态，膀胱功能未恢复，导致“尿潴留”，大意如此。这样看完，牛莉更担心自己的小便。

婴儿被放在金属车里，身上盖着小花毯子，只要看见这个样式的花毯，就知道他出生在这座城市的这家医院，婴儿的脚腕上写着“牛莉之子”。牛莉把自己的门帘拉上，小心翼翼地收拾东西之前，她想到的可以做的第一件事是发一条朋友圈，可是她不知道写什么好，就拍了一张婴儿在吃手的样子，软乎乎的，得到了几百个点赞。王波在朋友圈下面评论说："你提供的是蛋白质。"言外之意，儿子太像王波了。

她又看了一眼"话剧李"的朋友圈，最新一条写的是：我就服牛莉，昨天说过来喝酒，今天就生了一个孩子。

躺在床上，牛莉开始得意，所有的事情，一旦知道方法就会很简单。尽可能避开麻烦，就是最大的善行。后面这句话又是李杨说的。没错，此刻的牛莉好像已经掌握了某种生产方法。一个人的身体可以做任何事情，甚至连坟墓都可以自己走进去。

次日早晨，医生来做足跟血和耳聋基因筛查，打了第一针疫苗，说床位不够，看牛莉的伤口已经愈合，更重要的是小便了，就宣布道："你出院吧。"牛莉还有点儿不敢相信，觉得这更要让自己飘飘然了。

婴儿喜欢像老虎一样睡觉。四肢张开，牛莉想到一个词——虎睡。看着熟睡的婴儿的眼睛，她发现：如果把孩子当孩子，就是最大的愚蠢。牛莉甚至感觉婴儿会忽然走过来问自己："你生我干吗？"是啊，难道就是为了让自己飘飘然一下吗？同时，牛莉在想自己的婴儿为什么这么安静，不是说婴儿都会吵得父母不能安睡吗？甚至有人说："孩子不哭，家庭关系就好。"进来的医生说："他还不知道自己已经从你肚子里出来了吧？"是啊，牛莉想，自己再也不能包含着他了。

王波接牛莉出院，在医院门口，牛莉得到一个关于人造子宫的传单：未来，每个人一生中可以领取两个生育指标，通过父母资格考试，作为公民福利的一部分，不仅指自然生育。要是孩子不在了，还可以补领，云云。牛莉想：自己不是在做梦吧？她感觉怀中的婴儿都是梦的一部分。

一切如常，牛莉整个月子期间都没有外出，自然没有见到老金。除了坐月子，牛莉还去医院做了产后检查，其中一项为盆底测压，是通过置入受测试者阴道内的压力探头，采集受测试者盆底肌肉施加到探头上的压力信号，根据探头气囊传输来的气压变化情况进行数字化转换，并加以运算分析，实时显示、打印压力差值、变异性、募集时间等数据。牛莉用这个探头在机器上画了一些几何图形，画出了一些波峰波谷。她问医生："是不是画得越高越好？"医生说："好好画。"

老金呢，搬家之后，成了地地道道的农民，天气暖和一些的时候，王波、牛莉驱车前往老金的新家。

老金的新家距离市中心50公里，可以说已经出了市区。三间平房构成的院子，院子里有一架梯子。老金说，喝多了可以爬上去摘星星、摘月亮。牛莉想，也许可以爬到房顶看看这三间平房。老金夫人并不打算常住，坚信他们终会打道回府，于是没有对房子做太大的改造，房间保留了原来的样式，也就是保留了一个农民住宅的样式。院子里有各种型号的锄头，卫生间没有抽水马桶。牛莉产后总是憋不住尿，也不能大笑，如果谁逗她，她就会尿裤子，这都是因为盆底测压没有及格。刚到老金的小院，牛莉就去了卫生间小便，老金在外面喊："你不用冲水。"三间屋子，自然老金夫妇一人一间，还有一间屋子里关着三只狗。所有的家具都是临时的，因为他们并不打算常住，只有一个硕大的多宝阁是崭新的，上面放着老金收藏的历朝历代的小动物雕塑。牛莉想，这不就是老金和钟总提过的博物馆吗？原来博物馆距离市中心50公里。老金介绍起小动物来兴致勃勃，在关上多宝阁最下面一层抽屉的时候，一只石头老虎被震到了地上，牛莉刚要捡起来，发现碎了，老金说自己的太太就是属虎的，今年本命年，接着，他把碎了的石头老虎踢到茶几下面去了。茶几上放着瓜果蔬菜，老金说是早晨采摘的，正中间还放着牛莉从城里拿来的大榴莲，因为没有打开，所以房间里并不臭。老金还拿来一瓶果汁，让牛莉喝，说：“本来是给婴儿准备的。”老金没有孩子，不知道婴儿只能喝牛奶，牛莉看着果汁瓶上的配料表，想起老金刚到农村时写过一篇“逛街记”，说农村买不到酸奶，只能买到乳酸菌。茶几上的瓜果蔬菜无人问津，倒是几瓶在城市中已经不常能买到的啤酒，大家喝得有滋有味。啤酒瓶很薄，一踩就瘪下去了。老金和王波干了三杯，说：“婴儿之所以哭，就是要干死这个世界。”牛莉感觉胸口很胀，她推开小院的门，回到自己的车上，拿出吸奶器，一下一下地把奶水挤出来。四周很亮，但是没有人进进出出，她用衣服遮挡着，牛莉的奶水很有限，哪怕吃了很多猪蹄、鲫鱼、木瓜、花生、大枣，也就这么多。车里很安静，只有挤奶器的声音。她买过两种挤奶器，一种电动的，一种手动的。比较之后，她还是觉得手动的更好，虽然手腕会酸，但是胸不会痛。她压下去，等一会儿，然后奶阵出来，专业说法就叫“奶阵”。她的奶水已经没有第一个月那样黄了，那时的奶水就像黄油一样，而现在就像加了水的黄油，再过一个月，就会变白，看上去更像奶水应该有的颜色。大概十几分钟，她挤了100毫升，犹豫要不要放在老金家的冰箱里保鲜。牛莉在车里又坐了一会儿，看了几张婴儿的照片，才重新回到小院。照片里面的婴儿，眼神一片混沌。不知道当他了解这个世界之后，眼神还会不会像此时此刻一样动人。

她听见四周的院子中有狗叫声，不仅仅是老金夫妇的三只狗。她想到一个问题：搬到农村来，就一定要过得特别像农民吗？这个问题让她感觉老金怪不容易的，虽然老金说自己未来要给本村写村志。牛莉说：“你是贵村的苏东坡吗？”老金说：“女人一幽默起来，就不性感了。”牛莉想：“这句话幽默吗？”她是真心喜欢苏东坡。

她和老金都有一个毛病——善于总结。这就像她和前夫离婚时，前夫留下来的一句话——我们两人，不一定谁能笑到最后呢？她不明白前夫为什么要说这样一句话，自己都净身出户了，当然是另外一个人笑。可是，这一切有必要等到总结的那一天吗？

此时此刻，如果这样下去，不到晚饭时间，他们可能就都喝多了。这不是酒量的问题，而是生命力的问题。牛莉重新回到三个房间中的一间，她发现墙上有一个航海的舵，很像网上卖的。老金也说是自己网购的，老金夫人却说是他某个女朋友送给他的。牛莉问博物馆还做吗，老金说，什么钟总，真的钟总，假的钟总。牛莉心想，他居然还记得钟总，心里多半还在自我矛盾。老金说，用文化挣什么钱？还不如直接挣钱。

“怎么好久没见李杨？”回到三个房间中的一间，牛莉问。老金说：“病了。”又说，虽然李杨和他关系不好，也做了好多对不起他的事，但他还是希望李杨能好起来。老金这样说，让牛莉感觉李杨病得不轻，但并不方便追问是什么病。整体来说，李杨对牛莉夫妇并不差，他们之间从没有钱的往来，关系能差到哪儿去？唯一一次，李杨喝多了，说王波和牛莉之间并不是爱情，这让牛莉耿耿于怀。不过如今想来，或许正如他所言。生产之后，牛莉最大的改变是觉得世界上的多数事情都和自己无关了。恰恰相反，鲁迅早年会因楼上楼下的婴儿啼哭而抱怨，晚年又觉得无尽的远方和人都与自己有关。

晚餐是在本村唯一的餐厅，餐厅旁边有一座古塔，于是叫“古塔餐厅”。变成农民之后，老金的创作惊人，任何风土地貌，都有考据，他曾在自己的公号上发表了一篇关于古塔餐厅的文章，古塔餐厅也是每次从小院出来之后必去且唯一可去的餐厅。在古塔餐厅旁边，还有一座清真寺。古塔餐厅以制作牛头宴而闻名，但吃起来有一种古古怪怪的感觉，好像在吃孔雀一类的动物。但他们每次去，都要点疙瘩汤。老金年轻时出过一本书，叫《西红柿炒自己》，用的是地方口音的梗，“自己”不能念成zì jǐ，要念jì jǐ。牛莉想，如果自己的孩子会说话了，就会说jì jǐ。除此之外，孩子总会说出很多真理，比如皇帝没有穿衣服。

晚饭时，老金夫人不在，在和隔壁邻居打麻将。因为经常拿锄头，隔壁邻居的肌肉很强壮，但老金毫无醋意，就像在老金夫人的嘴里，老金的女朋友也有百八十个，但他们依然是一对模范夫妻。模范夫妻就是谁也不关心谁，各过各的，相安无事，如此经年。老金还有兄弟姐妹几人，他说，自己已经是全家结婚次数最少的人了。

饭局过半，午哥也来了。看见午哥，牛莉就想告诉他：“王波没有看自己生孩子。”可惜午哥来的时候已经喝多了，疯狂给几个女性打电话，还让王波接。王波也喝多了，说：“你居然染指了这么多人？”牛莉没喝多，她听见了“染指”两个字。她已经很多年没有听见人说这两个字了，类似的字还有很多。午哥说，其实自己的孩子都已经很大了，现在主要靠“踹”，这确实让牛莉大吃一惊，以前尚且不知道是否有女性青睐午哥，而他竟然有一个孩子。

午哥喝多了，一直说：“我怎么变成这样，我怎么变成这样，我怎么变成这样？”牛莉不知道他到底变成了哪样。不就是这样吗？这样不是挺好的嘛！

牛莉觉得很无聊，她打开手机，家庭群只要一会儿不看，就有成百上千条新消息，可以说是“家庭彩虹屁群”。母亲在里面发婴儿的照片，所有人都在夸婴儿长得多么好看。牛莉感觉大家已经词穷了，就算拍一张婴儿的屁股，也觉得整个世界在独宠婴儿。实际上，这并不客观。

老金又在饭桌上说起他昨天做的梦，同时拉住牛莉的手，老金喜欢说牛莉的手像小鸟的手，没有肉，其实就是没福气的意思。老金说：“梦里，别人起飞了。”但他没说别人是谁，可能就是在座的各位。他也没有说起飞到底有何深意。老金说，我很庆幸，我和牛莉，只有我和牛莉没有起飞，忽然，他话锋一转，说：“可是呀，我低头一看，发现我和牛莉也在半空。”说完这个梦，老金一阵惆怅。老金的梦让牛莉品味良久，谎言在某种程度上体现了人类的想象力。老金是想象力很丰富的人，也可以说他是个谎话连篇的人。

那天，饭桌上还有一个文物鉴定专家，也是半道而来。专家看上去很资深，因为年龄很大，饭局快结束的时候，他从书包里随便拿出一个类似狼图腾形状的器物，说是唐朝的。牛莉想：这个专家不是傻就是坏。王波拿着狼图腾端详，点了点头。午哥说专家买了老金很多东西，午哥又说：“但老金也没有跟我直说。”牛莉不清楚午哥到底想表达什么。老金喝多了，又说：“李杨已经掌握了这个世界的真谛，他不爱父母、不爱兄弟姐妹，也不爱上帝，当然更不爱他老婆。”牛莉为李杨感到委屈，并且她真的很想知道李杨到底得了什么病。她还想到李杨说过的一句话：“世界上没有深刻的问题，长得好看，就是深刻的问题。”难怪李杨觉得老金的话多数胡扯，并不深刻。

“我端起这杯酒，但我要和你干那杯酒。”王波举杯对专家说。专家拿起的是这件东西，却在介绍另一件东西。

牛莉的老板又给她打电话了。她出去接了一个电话，顺便透透气。她想：要不要把这些话告诉李杨呢？老板在电话里说，有机会给他引荐一些文化人。牛莉并不觉得老板是老板，她认为老板和她之间是一种合作关系。牛莉问："理由呢？"老板说："想换一种生活。"牛莉心想：那很简单，只要离钱远点儿。也许她真的应该将自己的老板或者说投资人王总，介绍给老金，不是吗？王总，听上去多么像一个名副其实的老板。

重新回到座位上，午哥不再证明自己是一个好人，转而证明自己也懂艺术。他说自己有一天忽然就不画画了，还记得那天，突然就不画了。他指着老金问："只有你们是艺术家吗？"牛莉想，突然就不画了。到底有多突然呢，这一切就像山中一日，四周的一切都在呼吸，连天上的白云都在呼吸，只有自己已停止了这一切。

餐厅里面还有一个KTV，因为老金是当地的"苏东坡"，虽然没有点牛头，古塔餐厅的老板娘已经和老金混熟了。老板娘说酒店里有几个能歌善舞的朝鲜族姑娘，要不要让几个文化人领略一番。这让牛莉想到另外一个词——比肩。老金说："上菜。"牛莉想，为什么在城市偏远的地方，有几个朝鲜族姑娘背井离乡，她们会不会唱起叫人哀伤的"阿里郎"？很快，音乐就响起来了，还有镭射灯光打在天花板上，这不仅是空间概念的移动，也是时间概念的移动，就像20世纪90年代某个二三线小城市（比如漠河）里的一家舞厅，仔细听，并不是“阿里郎”，几个姑娘并没有穿民族服饰，很难判断她们来自哪里。酒也喝了，歌也唱了，舞也跳了，老金捧着一束五颜六色的塑料花，朝自己最近的姑娘献上。他拿过话筒，唱道“美酒加咖啡，我只要喝一杯”，又向左敬了一杯，向右敬了一杯，接着唱道“一杯又一杯”。在喝多之前，老金的“临终遗言”是“今天谁结账”。午哥也唱了一首“我真的还想再活五百年”。

那天，老中医不在，非常可惜，因为牛莉生产后最想见到的人就是老中医，她很想掷地有声地告诉他：“生孩子的痛楚，和‘剥皮’不一样。”可惜，老中医又去转山了，不知这次是真是假，老金说“转山是贪心”。老金整晚都很少吃东西，他说自己不是不想吃东西，而是不想活着。我们都这么庸俗了，怎么还不快乐？牛莉说那是因为你还不够社会。老金说：“我都破罐子破摔了。”牛莉说：“好罐子好摔才不得了。”

走出古塔餐厅，就是村委会，还有村派出所，一盏灯光盈盈。牛莉让老金站在“派出所”三个字下面，给他拍了一张照片，看上去很像一位民选所长。

那晚，回到家，打开书包，没有找到吸奶器，落在冰箱里了，和一些腊肠、腊肉摆在一起。牛莉想：世界如此所示。奶瓶就应该和肉、肠在一起。

那之后很长时间，他们都彼此没有再联络。

天气转热，又过了一个月。

转山回来之后，老中医请了一次客。老金说，老中医应该经常去转山，饭局快结束的时候，老中医忽然疯了，和一个号称“充气艺术家”的人吵了起来，说：“你们懂中医吗？懂唐诗、宋词、元曲吗？”后来还砸了一个盘子，多亏牛莉眼疾手快，感觉抛物线已经飞过来了，就拉着王波往外走。现在，她已经不敢向死而生。

牛莉自始至终都不知道这个艺术家是如何充气的，只记住了艺术家的一句话。艺术家对牛莉说：“你不是男的，也不是女的，你是天使。天使大多是女的。”牛莉想，天使冲的是氢气吧。

也许今后依然会日复一日、年复一年，但我已感觉不值得再写。

简单交代一句，在我们的主人公牛莉身上又发生了几件事。关于怀孕的曲子，她写不下去了，因为她又怀孕了。她有各种各样的心理疾病，比如，要把冰箱里的柚子都吃光。但创作并不是为了祛除这一切，甚至可以说，反而是创作让她更积极地追求这一切，创作里没有解决的问题是因为在生活里也没有得到解决。婴儿一直在旁边哭，牛莉想到一些可以发朋友圈的话：“婴儿哭得再厉害，你也要稳住不动。”她如今的创作就是写朋友圈。

她真的没有动，就想让婴儿哭一会儿。但她的耐心只有一小会儿，很快，她就会跑过去，跟婴儿道歉。总有人问牛莉怀孕是怎么回事儿，牛莉觉得有一句话可以很好地回应这群人——没有刀，就没有刀的锋利。类似的话，她还有很多，好像一个女人分娩之后同时具备了制作心灵鸡汤的能力：牺牲比自由获得的空间更大。

她觉得自己好像变成了那个叫于一爽的女作家。但她真心希望自己不要和王波离婚，她爱王波。她进一步卑鄙地想，就算王波没有那么爱她，他也跑不掉了，因为他们已经拥有了一个真实的儿子。同时，王波的肚子那么大，因为他又胖了，还能跑到哪儿去呢？不是她和王波生出了孩子，是孩子生出了王波和她。并且，她已经给婴儿办理了户口。看着他的户口本，牛莉想，他已经是个人了。不，他早就是个人了。在国家的户籍制度上，他也是个人了。

孩子生日那天，牛莉自己设计了蛋糕，纯白色的，上面写了孩子的名字。孩子是00后，自己是80后。王波也买了一个蛋糕，放在搪瓷缸里还没吃完，牛莉母亲就把搪瓷缸洗干净，说要带回家装花椒。

另外，听说老金又认识了新的老板，是做核物理的，也姓钟。牛莉有幸见过一次，还被赠送一张名片，名片是折叠了的，并不局限于核物理，这位钟总是几十家公司的股东。当然，时过境迁，也听说了另一种说法——这位钟总在每家公司参股1%。牛莉真心希望老金师出有名、旗开得胜。只是牛莉不知道做核物理的为什么要来搞文学，什么文学、艺术从业者啊，都是当今时代的弱势群体，是被扶贫的对象。但牛莉同时又深知，老金是不会装孙子的，这是他最大的障碍，就像他门前的古塔一样，叫“无碍古塔”，用如今的话解释，就是没有障碍。老金有太多的障碍，以致寸步难行。所以他要喝酒、喝酒再喝酒，用喝酒对抗自己的障碍和内心的乌云。

那之后的一个晌午，牛莉和婴儿躺在床上，婴儿躺在牛莉的臂弯里，王波在隔壁屋为他们挣钱，牛莉感觉很满足，很快就睡着了。中午的阳光温暖，牛莉在梦里看见一个人，那人说自己叫“老钟”，又说不是新的“老钟”，是旧的“老钟”，可是他明明长着老金的脸、老金的肚子，连小短腿都和老金的一模一样，那还是叫他“老金”吧。老金对牛莉说，我只告诉你，我们是文学核武器，文学在哪个圈都是重磅炸弹。梦里的牛莉感觉自己很年轻，尚不曾拥有自己的孩子，也还没认识王波，他们尚未进入牛莉的世界中。牛莉就像得知了不应该得知的真理一样觉得很恐怖，而更让她恐慌的是，老金开始往天上飞，但老金并不知道自己已经离地了，还安慰牛莉说：“没事，别人飞得更远。”

牛莉感觉一阵痉挛，忽然醒了，婴儿还在熟睡中。人是需要场景的，她想，此时此刻是一种场景，梦里也是一种场景，让她难分彼此。她想到一句古诗“白日依山尽”，还想到赶赴各类饭局的那些年，总有人和服务员这样要酒：“服务员，白日依山尽，两凉两常温。”他们用啤酒写唐诗、宋词，啤酒是很多人的救世主。

接着是“哇”的一声，婴儿醒了，就像从空中坠入地面，刚醒的婴儿总是最可爱的，他们不知道自己在哪里，不知道自己是睡着了，还是没有睡着，不知道你是谁，也不知道自己是谁。

这个时候，牛莉收到一条李杨发来的新消息：“你知道老金生病了吗？”她想，这两个人，总是互相诅咒对方。

牛莉起身，把围栏拦上，婴儿开始大哭，牛莉推开王波的屋门，王波的办公桌背对着门，这个风水很不好，总有一种会挨闷棍的感觉。王波头也没抬地说：“你怎么不敲门？”牛莉问道：“老金生什么病了？”王波说：“哦，他最近收藏了一个拐，前两天带状疱疹，不能走路了。”牛莉一阵紧张，不知道老金抱婴儿那天是不是已经得病了，但她忽然更恨李杨这个好事之徒。

因为她发现，李杨最近总有些奇谈怪论，有一天在群里说：徐庶出山了。没有人回复，老金发了两个点，老金的两个点就是省略号的意思，他连省略号都要省略。牛莉本想问李杨：“是三国里的徐庶吗？那距今也有1000多年了。”但她觉得李杨一定会说自己浅薄。另外，牛莉感觉李杨的心脏在缓慢恶化，否则为什么一直没有见到他出来呢？

牛莉重新回到房间，看见婴儿正在抠床上一块干硬的脚皮，牛莉有干脚，夜里总是脱落很多皮。婴儿看上去玩得很开心，牛莉怕他把脚皮吃进嘴里，就用手弹落了脚皮。王波如果早知道她有干脚，多半不会跟她结婚吧？如今社会上正流行一些基因测序，连是不是会干脚都可以测。房间里有加湿器、空气净化器产生的轻微噪声，这就是婴儿喜欢的白噪声，婴儿很快又入睡了。她想，也许在不远的未来，基因测序就是他们的基本医疗，不过，这又会触及很多人关心的隐私问题。世间万物多数都无法得知对错，比如，一些权威的育儿书（就是那些号称“育儿圣经”的书）里说，要多陪伴婴儿，不要让婴儿觉得孤独。可是，牛莉想，孤独真的是一个问题吗？其实她有一个非常自私的想法：父母应该以自己为主，这样才不会觉得被别人亏欠。但她不敢把这样的想法告诉他人，也许可以告诉老金，老金说不定能理解她的想法。

总之，现实中，老金的博物馆依然没有起色。如果读者认识刚好姓钟的大老板，或许可以帮忙问问，为什么不能给一个无用的人投资一个小小的博物馆呢？里面放满了各种材质做成的小动物雕塑，如果真有这样一座博物馆，牛莉一定会带着够够去看。“够够”是婴儿的小名，自然是老金起的。老金的原话是：“看见你们生孩子，还感觉良好，我就觉得够够的。”另外，老金真的去农村了，听说他后半生都要为农村写书立传，看来真的要当苏东坡了。牛莉想，不知道老金会不会烧东坡肉？她想象了一下肉香在小院弥漫的情景。据说，老金在乡下新研究的理论是关于人和人的四种缘分：上等人交上等缘，上等人交下等缘，下等人交上等缘，下等人交下等缘。但是，谁也没有对号入座。

图书在版编目（CIP）数据

经年 / 于一爽著. —北京：中国工人出版社，2022.6
ISBN 978-7-5008-7935-0

Ⅰ. ①经… Ⅱ. ①于… Ⅲ. ①中篇小说—中国—当代 Ⅳ. ①I247.5

中国版本图书馆CIP数据核字（2022）第092879号

经　年

出 版 人	董　宽
责任编辑	周小彦
责任校对	丁洋洋
责任印制	黄　丽
出版发行	中国工人出版社
地　　址	北京市东城区鼓楼外大街45号　邮编：100120
网　　址	http://www.wp-china.com
电　　话	（010）62005043（总编室）（010）62005039（印制管理中心） （010）62379038（社科文艺分社）
发行热线	（010）82029051　62383056
经　　销	各地书店
印　　刷	三河市东方印刷有限公司
开　　本	880毫米×1230毫米　1/32
印　　张	6.75
字　　数	120千字
版　　次	2022年7月第1版　2022年7月第1次印刷
定　　价	45.00元